JN076585

第十三軍通信隊
揚子江岸転戦記

野戦電信第三十五中隊小隊長・中尉
福田廣宣

潮書房光人新社

第十三軍通信隊　揚子江岸転戦記　目次

第六章　敵弾の下で

第七章　通信隊が一番乗り

写真解説協力／藤田昌雄
写真提供／著者・「丸」編集部
図版作成／佐藤輝宣

第十三軍通信隊　揚子江岸転戦記

【軍通信隊】

「軍通信隊」とは、師団や連隊が隷下に保有する通信部隊と異なり、「軍」の指揮機関である軍司令部直轄の通信部隊である。軍司令部と隷下部隊である師団、旅団間の通信網構築にあたる専門部隊であり、通称「軍通（ぐんつう）」と呼ばれていた。

「軍通信隊」は中隊規模の編成で、指揮機関である「通信隊本部」の下に、馬匹編成の複数の「無線小隊」と「有線小隊」を擁していた。

「無線小隊」は無線機を駆使して通信網を開設し、「有線小隊」は電柱を敷設してから電線網を設置して、電話機による連絡網を構成する。

――藤田昌雄（戦史研究家）

第一章　長江を征く

長江遡行

われわれを乗せた船は滔々たる長江（揚子江）の流れにさからいながら進んでいた。私は御用船特有のむし暑さと悪臭からのがれて、操舵室の窓にもたれて、ゆったりとした風景となごやかな春光とを懐かしんでいた。

船長はしきりに双眼鏡を使っている。両岸の景色は二年前、真新しい戎衣を着てこの河をさかのぼった時と少しも変わらない。両岸には葦であろうか、茅であろうか、深々と密生するものがあって、その向こうには柳の樹と粗末な藁家があちこちに点在している。

昭和十五年春季皖南（安徽省南部）作戦参加のため、私達はもうこの船に二日間も乗りつづけているが、長江は今日も変わらぬ碧い美しい絵を両側に貼りつけたままである。船の行方を望むと、これはまた、川面は渺々として陽にぎらぎらと輝き、濁流は満々として、ただひたむきに流れている。

中国四千年の歴史を川床に彫り込んできた、この巨大な流れは、そのまま中国という国の大きさを物語るものであろうか。また永劫澄むことを知らぬこの赤黄色い川水は、そのまま中国の複雑性を示すものであろうか。

古ぼけたジャンクが軽やかに流れてくる。つぎはぎの帆、アンペラの屋根に大陸の体臭を漂わせながら――。

「やあ、ここにいましたか」

にこにこしながら田村中尉が近づいてきた。田村中尉は私と同じく、来るべき作戦に参加するため結城部隊（第十三軍通信隊）のなかから臨時に編成して派遣された臨時派遣第五電信中隊「森部」部隊（野戦電信第三十六、三十五中隊）の小隊長であり、奇縁なことには、私の兄の中学校の同窓生であった。

煙草に火をつけながら、

「あんたの兄さんは真面目な生徒でしたし、文学青年でしたねェ」

「兄は女の子のあとに生まれたせいか、私には我儘（わがまま）な兄でした。文学、詩歌はだいすき、だが運動神経はさっぱりで、自転車にもよう乗りきりませんでした」

二人はまるく笑った。

「船長さん、この船はじつに遅いですなー」

「なにしろこれは明治四十（一九〇七）年にできた船ですからね。ふだんなら、とうにお払い箱なんですが、時局に乗って最後の御奉公をしているのですよ」

「そうですか。まあまあ大陸だから急ぐことはないですよ、慢々的（マンマンデー）でやってください」

舳先（へさき）の方でなにかに騒ぐ兵隊達の声が起こった。見ると何百羽という鴨が船が近づくにつれて、一群ずつ飛びたっては逃げていた。私はこの素晴らしい光景を内地の愛猟家連に見せたいと思った。鴨達はしばらく前の方へ舞うと、ふたたび黒い斑点となって波のまにまに揺られていた。

天気は快晴、船の甲板は前後とも兵隊でいっぱいである。昭和十五（一九四〇）年の春の光は柔らかくそそぎ、二千トンあまりの古ぼけた我が船は、文字どおり遅々として進んでゆく。

田村中尉は下へ降りていった。前甲板を見ると、船縁（ふなべり）にもたれて岸の平和な風光や水の流れに見入っている者、簡素な面積を見い出して輪になって腰をおろし、なにやら楽しそうに声高く語り笑っている一群、舳先に備えつけてある高射機関銃に好奇の眼を輝かしている者たち、その他あちこちに一個の無機物となってぼんやりと立ちつくしているものなど、そののどかな兵隊図絵には、戦いに征く者がかもしだす悲壮な雰囲気はなかった。

「春は眠たくなる、兵隊は戦争を忘れる」というのであろうか。

われわれはある戦闘に参加するため、三日前にこの船に乗りこんだ。そうしてその前日には、一足先に内地帰還となる一部の戦友の見送りをした。私達は「朝(あした)に帰還者を見送って、夕(ゆうべ)に戦闘準備をした」のであった。

今頃はもう、彼等は内地の港に入っただろうか。よい齢をしながら、いっこうお役にも立ちませんでした、と謙遜しながら帰った古年次兵達、彼らの顔には陣中生活の無理からきた皺々(しわしわ)が増え、色艶も失(う)せていた。

一方、自分達ばかり先に帰ってすみません、すみませんと言うていた輜重兵(しちょうへい)達は、かつては不安に満ちたおどおどした兵隊達だったが、二ヵ年ちかい戦場生活を通りこして、一人前のりっぱな兵隊となっていた。

寒い日の朝々に、この春に娘が女学校を出たという齢で、若い者と一緒に拭き掃除をしていたH、よく自分でお茶を淹(い)れては奨(すす)めてくれた五人もの子供を持っている看守長のMなど、あの老兵達も間もなくよき父親として懐かしい家庭の畳に座すことであろう。

そしてまた、散髪屋のYや大工のEや百姓のG、そして女房代わりの当番のKなど、端々の仕事にもかかわらず、黙々として働いてきた輜重兵達に久しぶりに見る内地の山河は、さぞや眼に染みることであろう。

私は古い階段を降りて船室に帰った。船内には厩（うまや）から発散する異様な、しかしもう嗅（か）ぎなれた臭いがたちこめていた。居室にいる兵隊は、おおむね昼寝をしているようだ。

新しく召集を受けてこの船で任地に向かっている将校達も、顔にハンカチ等をかぶせて休んでいる。田村中尉は雑誌を読んでいたが、

「どうでしょうか、揚子江の魚の眼は見えると思いますか？」ときいた。

「そりゃ見えるでしょうね」

「いや、私は見えぬ方が強いと思うがなー」

「どうして？」

「だって揚子江の水はあんなに濁っているでしょう。だから、とても見透しがきくはずがないじゃないですか」

「なるほどね。しかし、桂魚という魚ね。ほら、隊でよく食わせるあれは、生きた小魚を常食にしているそうですよ。見えますよ。私は見えると思いますね」

「それじゃあ、この問題はどうですか。この辺まで海水がまじっていると思いますか？」

「そんなことはないでしょう」

「しかし、四百キロくらい上流まで塩分があると本に書いてあったですよ」

「そうですかねえ。若干、海水の影響があるとは考えられますが……」

「とにかく、この近所にはイルカやクラゲがいると船員も言っていましたよ」

第十三軍通信隊・福田廣宣中尉

「いや、ワニもいるそうですよ。まったく揚子江は大きいですなー」

「ウム、じつに中国はでっかいですねー」

　ここまでくれば話はおしまいである。私達は店先の魚のように行儀よくならんで横たわった。にぶい、しかし秩序ある機関の響きと振動がこころよく二人を襲いはじめた。

　夕刻、小隊長と准尉は森部中隊長に呼ばれていった。今さっき電報が入って、われわれは篠原部隊（第百十六師団）の通信隊である吉原部隊に配属され、いよいよ明日、大通（だいつう）に上陸するそうだ。

　そして、おもしろいことに、船足が遅くてよかった。速かったら大通を通りこして、引き返さねばならなかっただろうとのことである。

　その夜、船は大通沖に碇泊した。兵隊は身のまわりの整理に忙しいのか、夜遅くまでがちゃがちゃと帯剣や飯盒の音が聞こえ、船倉からはむし暑くてたまらぬと訴える馬達の前搔きする音が、しきりに聞こえた。

大通上陸

船のおいしい漬物も、これが最後の朝食をとって上甲板にあがる。今日も美しい朝であった。救助艇の舷側に腰を降ろして、うっとりと大通の町を眺めている兵隊達、ふしぎなほどの静謐（せいひつ）、私はこっそり写真機を向ける。シャッターの落ちるこころよい音——。

馬と器材の揚陸が開始される。田村隊が陸上勤務で、我が隊が船内勤務だ。甲板のウインチがガラガラと猛々しい獣のように叫びだし、噴きあげる白い水蒸気はその息吹かと思われる。

馬の陸揚げにあたった兵隊達は身軽な仕度で、あたかも動物園の調教師のように現われてきた。分厚い船倉の蓋が取り除かれる。むっとくる馬糞と馬糧との臭い！　そして、舞いあがってくるおびただしい埃！

首を出して下を覗くと、さらにいちだんと強い臭気が鼻をつく。しかし、この吐き気をもよおしたくなるような臭いのなかに、私は動物的な親しみを感じた。それは人間と馬という同じ生きものとしての愛しいつながりのせいであろうか。それとも、もの言わぬ戦士として、すでに二ヵ年の月日をともに送ってきた愛すべき隣人の体臭のせいであろうか。

朝のうるわしい陽脚（ひあし）は、船底まで豊かに届いている。そして、その光のなかにきらきらと舞う埃は、洋酒のなかにきらめく金粉かとも思われた。馬達は思いがけず差し込んできた光に、歓喜の瞳を輝かし、感激の尻尾を打ち振っている。

私はかつて、気まで暗くなるような暗黒の坑内で一日を過ごしたあと、おりしも落ちかかった夕日の光を仰いだことがあるが、その時ほど日の光を嬉しく、ありがたく感じたことはなかった。

一本の綱にもたれて顔をならべ腹をくっつけあっている馬達は、ふだん私達が地上で見なれた均整のとれたものではなくて、胴体ばかりがバカに大きく、首や頭はあまりにも細い、ノミに似た感じの奇妙な格好をしていた。この三日間、こんな狭い、そしてむし暑い所で、わずかに足をがたがた鳴らすことばかりを許されて、どんなに苦しかったことであろうか。

大通上陸の朝、老朽化した船の上甲板から街のたたずまいを眺める

いよいよデリックも動きはじめて、門橋（舟艇を連結して、大型装備の渡し船として使用）も舷側につけられた。馬勒（馬のくつわ）が投げこまれる。

「陸揚げ開始」

私の指示にしたがって、先任下士官たる森本軍曹が、

「作業はじめ！」

の号令をくだした。すでに闘いだ！

一匹の馬がむりに引っ張り出される。待ち構えた兵隊達がいっせいに馬へ身をおどらせていく。

嫌がる馬、耳をうしろに立てて烈しい顔付きの馬、胴と尻を左右に動かしたり、あるいは後退りをしたりして、なかなか

馬勒をつけさせぬ。

　馬と兵隊との必死の争いがつづく。噛みつく口、蹴る足から身体をかわしてはしがみつく兵隊。それは闘牛にも似ていて危うい。私と森本軍曹とは、しばしば「危ないッ！」「危ないぞ！」と叫んだ。

　しかし、ついに馬は吊り上げられる。さかんに足であがくが、空気は蹴っても音がしない。高々と吊り上げられると、馬は四つ足をだらりと垂れる。没法子（メイファーズ）といった形だ。下を見おろしている不安そうな長いプロフィール。もはや馬は一塊の荷物だ。そして、門橋に斜めに降ろされる馬。おとなしく繋がれる馬。暴れたら海へ落ちこむことを知っているらしい馬――。

　どの馬もたいていは右のように手を焼かせた。なかには珍しく従順なものもいたが、

「これは猫じゃ」

「こんなのばかりじゃと、ええがな」

という声で、それとわかった。とくに凶暴で手がつけられぬ馬には、麦や乾草を食わせて騙しながら吊り上げるのであった。

「やっぱり馬は馬鹿の馬の字に相当する奴じゃのう」

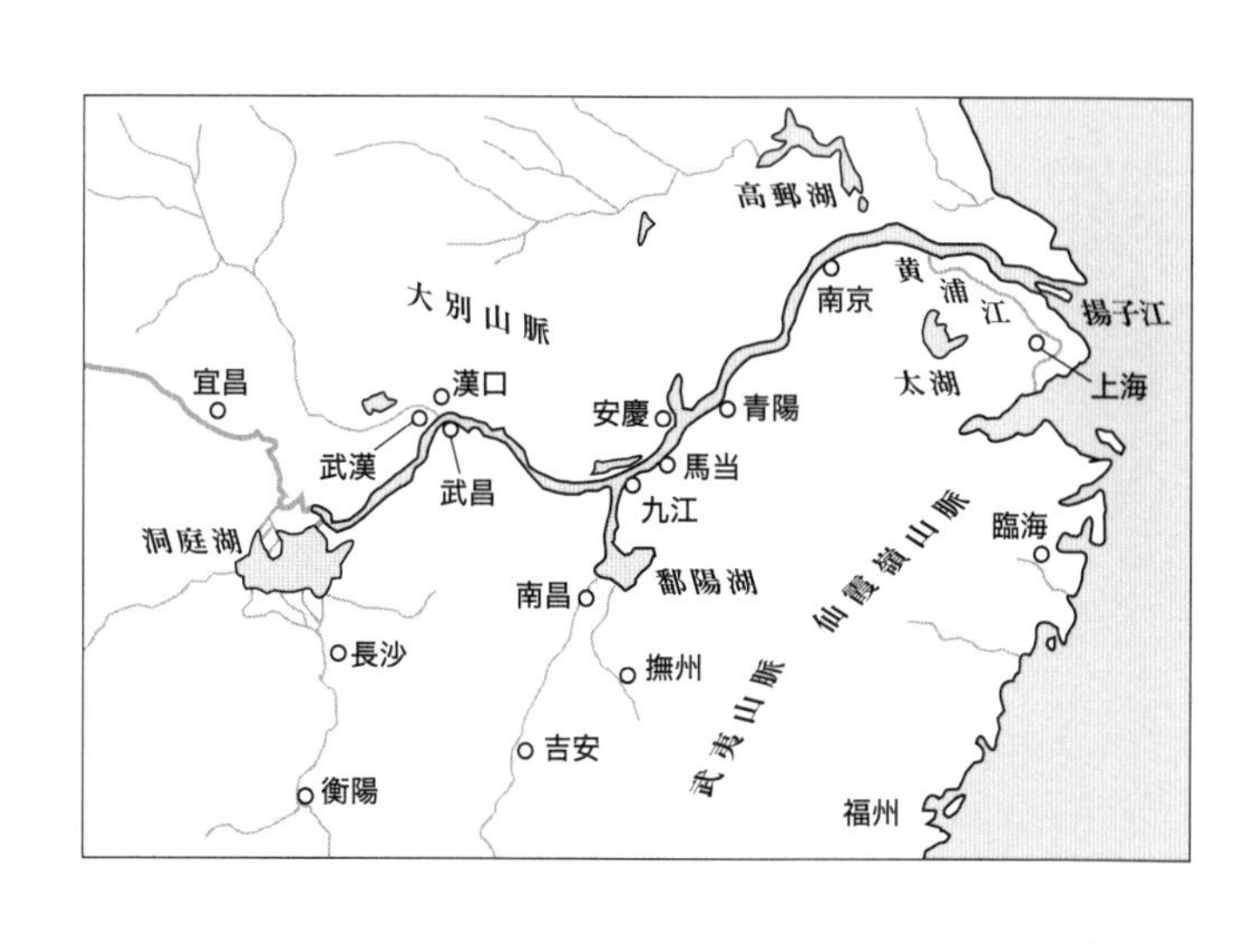

と、ほがらかな大山一等兵の声に、あたりの兵隊がどっと笑った。

　この作業は見物するものにとっては面白く楽しいものであった。上甲板からは、よその兵隊がたくさん集まって眺めていた。私も馬が船底から離れた瞬間から、ぶらりと宙に釣り下がるまでの馬がつくる躍動美に眼を奪われた。

　しかし、その時以外の私の眼はたえず船倉で働く兵隊の上にあり、怪我がないようにと祈るばかりであった。

　さっきからこの作業を見ていた一人の地方人（一般の人）が、感慨深そうに、

「兵隊さんは大変ですなー」

といった。森本軍曹は大きな声で、

「いーや、こんなのは問題になりませんよ、今

からですよ、明日からですよ」

と答えた。

ついで私は後甲板の作業を見にいった。ここでは後藤伍長が張りきった声で器材の卸しを指揮していた。野戦建築用の電柱、電線などはすでに降ろされ、ちょうど輜重車の車輪が降ろされているところであった。

デリックが動くにつれて青い空に描かれるワイヤーの円弧や、いくつもの車輪の美しい円など——私は空中に幾何の問題を出されているような気がした。つづいて自動貨車（トラック）も降ろされた。

正午頃、私達も門橋に乗った。空は晴れわたって、われわれの心も澄んでいた。私はいよいよ作戦上の重要地点に上陸するのだ。

宿舎入室

上陸して叉銃(さじゅう)、昼食。森部中隊長と岸に腰を降ろして河の方を向き、牛缶で飯を食った。

「きたない船じゃのう」

船は聞こえないふりをしている。そして、もう出帆準備ができていたのか、淡い煙を吐いている。

ひと休みして、われわれは宿営地に向かって出発した。町は徹底的に兵火にかかったらしく、友軍部隊が使用している建物以外にはめぼしい家は見あたらない。

しかし、いくらか町は復興していた。新しく建った中国人の家の壁々には「仁丹(じんたん)」「大学目薬」「利比兒」などの広告が大きい。

「仁丹はようどこにでも広告をしちょるねえ」

「目薬の広告も相当にあるばい」

伍列のなかの兵隊の話である。

「ありゃ何と読むんじゃろうか?」

「わからんのう」

見ると「面速力達」と書いてある。私はふり返って、

「メンソレータムだよ」

「な~るほどなあ」

「明白（ミンバイ）、明白」

町はずれまで行くと壊れ残った煉瓦塀（れんがべい）があり、家の跡には煉瓦がいっぱい散らばっていた。野良犬が幾匹もいる。竹籠をかかえて何かをあさる老婆や、子供が眼に映る。それは中国のどこででもよく見受けられる光景であるが、何と傷ましいことだろう。

私は上海の裏街で、小雨に濡れながら盲目にちかい老婆が何かを拾っていたのを、いまだに忘れることができない。また、蕪湖（ぶこ）の冬の日に、まだ遊びたいさかりの子供等が震えながら鉄屑や板切れを拾っていたのを思い起こす。この破壊された家々の者は、今頃どこにどうしているだろうか。

私はしばしば中国人から数々の悲劇を聞かされてきた。ある者は商品を、ある者は夫を、ある者は母や子を、事変の砲火のなかに悲惨にも消失してしまったという。この事実は中国人が背負わされてきた宿命として片付けてしまえるものであろうか。

私には彼等が前世において、それほどの責苦と不幸とに値いする罪と悪行をおかしてきた民族だとは思えない。しかし、今や彼等の前には世紀の悲劇は幕を閉じて、平和と幸福に満ちた新しい国家と家庭がもたらされようとしているのだ。

壁のポスターの「中日提携」「擁護新中央政府」「樹立東亜百年計」の文字も生き生きとして私の眼に飛びこんできた。

道は川の土手に出る。宿舎はこの川の上流二キロの地点にあるとのこと。河水は濁っているけれども、それは土手の草々や楊柳をいちだんと蒼くひき立てていた。

中隊長が馬で追いついて来られた。たてがみを振って、スットン、スットンと元気に歩く馬。私も乗馬で来ればよかった。

左手の窪地に柵がめぐらせてあって、軍隊の養豚場がある。たくさんの豚が遊んでいる。寝そべっているもの、きたない水溜りにカニのように入っているもの、遺伝学者は中国の豚は黒く、茄子(なす)は白いのを、いかに説くであろうか。

われわれは宿舎に到着した。「太子閣」という寺である。裏は小山になっていて、表は道路とともに川に面している。河原には柔らかい草が一面に生えていて、そこはすでに快適な馬繋場となっていた。野に放たれた数十頭の馬は、さんさんとそそぐ春陽のなかで一心に草を食んでいる。

解散となり、それぞれ割りあてられた部屋に行く。門をはいって中隊長が、

「将校室はどこかいの？」

と聞く。

「別に将校室というのはありませんが――」

設営掛の兵が先に立って案内する。本堂にはいると厩のように寝藁と乾草が敷いてある。数名の兵隊はいっせいに立って敬礼をした。

「本堂に向かって右の方、あの仏さんの前が将校席です」

という。おやおやと思いながら、そこに行く。将校の員数だけ、寝藁の上に筵（むしろ）が敷いてある。

中隊長はしきりに天井を眺めておられたが、雨が漏らぬとわかったのか、

「これなら上等だ。頂好（テンハオ）じゃないか」

「先客さんもいないようですよ」

「そうかね、そりゃあいいね」

私どもの観念として、戦闘に出かけた場合の宿舎は、それが雨漏りのしないものであれば、それは甲の部類にはいる。雨、これが一番われわれは苦手なのである。

また、先客というのは、生きたお客様ではなくて、敵兵のしかばねのことである。漢口作戦の時、いい宿舎があると思ってぞろぞろはいっていくと、いつも数名の死体が転がっていたことからして、そんなように名付けられたのであった。

正面の大仏の裏はがらんとしているが、巣を造っているのか、二、三羽のツバメが啼きながら飛びかっている。時おり埃臭いような、黴(かび)臭いような臭いが流れてくる。壊れた木戸から裏山をじっと見ておられた中隊長は、

「国破れて山河あり、か」

と、しんみり言われた。

夕刻電話がきて、吉原部隊長が中・小隊長を呼んでおられるという。ただちに自動貨車で出かけた。

警備隊の瀟洒な離れで、お客さん用の日本風の家屋の一室で、われわれは今次作戦の概

要を聞き、作業の命令をもらった。部隊長は幾度も、

「今度の作業はずいぶん無理です。無理なことはわかり過ぎています。参謀殿もそう言っておられます。しかし、どうしてもやっていただかなくてはなりません。どうか御苦労ですが、お願いします」

と、くり返して言われた。中隊長は、

「承知いたしました。きっとやります」

と答えられたが、その太い眉の線に、円い眼の光に、私はかたい決心の色をのぞきとった。

宿舎へ帰ると、私はすぐに中隊命令をもらい、また作業上の注意を受けた。中隊の第一次作業は揚子江沿いの作業であり、我が隊は大通から上流に向かって九江（きゅうこう）まで、田村隊は九江から上流の方を受け持って作業することに決まった。そしてそれは、四日間で完成せねばならなかった。

そこでさっそく私は森本軍曹と警戒兵四名をつれて、明日の作業のための地形偵察に出掛けた。大通の東端で川を渡る。老頭兒（ロートル）のいかにも中国人らしいのんびりとした漕ぎぶり、ゆらゆらと舟が滑っていく。ひらり、ひらりと岸へ飛び上がって、「謝々（シエシエ）」「謝々儂（ノウ）」「ア

リガトウ」「ありがとう」。

　警備隊がいて、道案内の兵が一名来てくれた。

「弾の音がしたら、すぐ飛んで行きますよ」

　衛兵司令がいう。道路は長江の土手で真っ直ぐ西へつづいている。

　既設の電線路は土手に沿って走っていた。電柱は四メートルばかりの現地調達の松の木で、電線は敵に切られたのだろうか、所々にあやしげな接合がしてあって、そこは恐ろしくたるんでいる。

　森本軍曹はみごとな髭をなでながら、

「これでも話ができるのかなあ。歩兵さんは簡単なもんじゃ」

という。

　案内の兵隊は騎兵であった。しかし、歩兵がたりないのか、その兵隊は出征以来警備につき、歩兵の仕事ばかりしているという。そして、一度でよいから馬に乗って戦争をしてみたい、騎兵らしい働きがしてみたい、というのであった。

　揚子江の夕暮れは雄大で美しかった。夕空は赤々と燃え、川面は一面に光り輝き、夢のような帆船も浮かんでいて、あたかも一幅の絵を見るようであった。

四キロばかりの偵察がすむと、私達は引き返した。黒い大気のなかに菜の花が匂い、警戒兵達は弾を撃てなかったことをしきりに残念がった。ようやく宿舎に帰りつく。本営には蠟燭（ろうそく）の火がいくつか灯されて、兵隊の多くはすでに眠りについていた。

仏様に合掌をして私も筵の上に横になった。蠟燭の火が高い天井をほのかに照らし、仏像達を浮きだしている。柔和な悟りきったような顔々が、火がゆらゆらと揺れるたびに、いっそう尊く感ぜられる。

本部の兵隊のしわざか、一梃の銃を持たされた仏様もいた。夜が冷えてきた。細い月が出たらしく、外は白い光があふれてきた。

第二章　働く兵隊

作業開始

朝早く、小隊は宿舎前の広場に集合した。森本軍曹の元気な号令で敬礼を受ける。答礼をする。二ヵ年の戦場生活を通りこしてきた岩のようにたくましい兵隊達の頼もしさ。

私は命令を達した。また、今度架ける線が今次作戦の重要な軍の幹線となるので、各人の作業があくまでも確実な責任あるものであらねばならぬことも強く指示した。

出発――。

田村隊も上流の基地へ向かうために、つづいて出発した。

川は門橋で渡った。器材も自動貨車も難なく渡した。川越しの接合柱を発起点として、ただちに作業が開始された。今次作戦の準備がはじまったのだ。いや、われわれの戦争がはじまったのだ。

私の指示はしごく簡単である。

「この土手の左側をゆけ！」

測定組の作業手達が竹竿をかついで駆けていく。そして、それぞれ七十メートルくらいの間隔をおいて、停まっては竿を立てる。測定組長が両手に持った赤白の旗とくわえた呼

測定組長は旗と笛で兵隊たちに合図を送る

子笛でもって、竹竿を持った兵に合図をしながら、植柱の位置を逐次、決定していく。

穿孔組が穴を掘りはじめる。

「かたいぞ、かたいぞ」

「チクショウ！　石がある」

装備組が電柱の頭をそろえはじめる。鮮やかな鋸の使いよう。みるみる切れていく。電柱に鑿を打ちこんでは穴を穿ち、曲柄碍子の柄を捻じこむ鮮やかな手さばき。この組には大工さんが多い。

植柱組が装備の終わった電柱を穴に建てる。真っ直ぐに立てる。架線班では延線組が手製の繰線台を二基使用して、しきりに線を繰り出している。銃を背に負いながら、四、五名の兵隊が線を引っ張っていく姿が見える。

張線組と留線組の作業手達は、するすると昇柱器で柱に昇っては作業をすませて降りてくる。補修班はしんがりをうけたまわって作業の不備な所をゆっくり補っている。

二台の自動貨車が建柱班と架線斑に一台ずつ配属されていて、躍進的に前進して材料を降ろしていく。そして私は、各班組の連係をよくすることに気を配り、指示をあたえながら進んだ。

「昇柱器」を用いて電柱に昇る通信隊員。「昇柱器」は編上靴に取り付けて、金具の突起部分を利用して電柱の登攀に用いる器材である

それはじつにみごとな秩序ある分業であり、かつ能率的な作業であった。各兵の作業は、架線作業中のほんの一小部分の仕事にすぎないが、それなくしては線を架けることは不可能であり、もしそれが確実な作業でないならば、りっぱな線路はできあがらなかった。

兵隊達はあたかも時計の歯車のように几帳面に働かねばならなかった。一つの歯の働きである一人の兵隊の作業がにぶいと、時計の針の進みである作業全体の速度が遅くなる。ために兵隊は、前の方からは引っ張られ、後ろの方からは追いかけられるような衝動のなかに、わずかの暇もなく懸命に作業をつづけねばならなかった。

戦争！――これほど厖大な分業組織が他にまたとあるであろうか。ことに近代戦においては、それは最高度の分業組織と、これが運用の妙とを要求する。戦線と銃後を問わず、国家の総力、ありとあらゆる部門、階層は、おたがいに密接なる連係をたもちながら、それぞれに各自の営みをぬかりなく築いていかねばならない。

とくに「戦う兵隊」は旺盛なる攻撃精神と兵器をもって敵を撃破し、「働く兵隊」は技術をもって頭脳や肉体の精魂をつくして作業をせねばならないのだ。

私はうららかな春景色、おおよそ戦争には似つかわしくない菜の花と青麦と春光のなかで、額に汗をにじませながら、あたえられた任務に、力のかぎり働いている「働く兵隊」

電柱が立つと、延線組は繰線台を使用して電話線を延長してゆく

達が、このうえもなく頼もしく感じられた。

「これが会社の請負なら、相当儲かるんじゃがなあ」

「今年のお盆には、いくらくらい陸軍省からボーナスが渡るんじゃろうか」

兵隊はほがらかである。ほがらかであることはいい！

「お前は穴掘りがうまいのう」

「この男はこれが専門らしい」

「ばーか、何を言うか」

穿孔組で笑い声があがる。

私はふと足下にレンゲ草の一群を見出した。すると故郷の少年の日の記憶がまざまざと蘇ってきた。レンゲ畑に寝転び菜の花畑で蝶を捕り、麦畑の畦で凧をあげて遊んだ遠い日の幻が、また夕暮に菜の花の香りのなかにうずくまって、ある乙女にひそかな思慕をよせた中学生の日の夢が――。

正午過ぎ、作業隊の先頭は、すでに大通から数キロある五溝という地点まで進んでいた。そこには輜重隊の少尉の小隊長がいた。

挨拶をして昼食を一緒に食べた。私は持ってきたワサビ漬をすすめた。たいへん喜んで食べ、今度は内地から送ってきたばかりの緑茶を飲ませてくれた。なんとも言えぬよい風味がしておいしかった。

「電線は一本だけで話ができるのですか、一本だけで?」

私は線が一本でよい理由をごく大ざっぱに話したが、彼は電気の不思議さに首をひねっている風であった。小隊長は、この前面の敵が相当に頑強なものであること、この前の敵側の冬季攻勢のおりの戦闘のすさまじかったことなど、くわしく説明し、またこの付近の住民はたぶんにゲリラ的性質をおびているので、十分に警戒するよう注意をしてくれた。

私は後藤伍長を呼んで、今日の作業は暗くなるまで続行すべきこと、また住民が反日的だから決して油断をせぬようにと固く告げた。

私が准尉、森本軍曹、輸送分隊長の木島伍長と三人の警戒兵、当番の七名を連れて地形偵察に出かけようとすると、小隊長は、

「ご承知でしょうが、ここから先の揚子江沿いには、約二十キロ上流の貴方がたの作業終末点の九江まで友軍の警備隊は出ておりません。友軍の第一線は江岸から十五キロくらい入った山々にあり、たえず敵と撃ち合っています。そして、今から通られる所には、まだ遊撃隊や便衣隊が出没しているようですから、警戒兵をもう少し多くお連れになった方がよいと思います」

と言ってくれたが、作業隊からはそれ以上どうしても兵力を割くことができなかった。

森本軍曹は、

「大丈夫ですよ、なんとかなりますよ」

と言い、木島伍長は、

「あとはどうなときゃーなろたい」

と、熊本の民謡の一節を出して皆を笑わせた。

五溝を離れて二百メートルもいくと、土手は対戦車壕のためにずたずたに切られていた。草の茂りから見ると、ずいぶん古いものらしい。

一列になってどんどん進んでいく。下がったり上がったり、対戦車壕を越すのがなかなか骨だ。なかには幅四メートル、深さ三メートルにもおよぶような大きなものもある。

「ようまあ掘ったもんじゃのう」

「今のが二十八個目であります」

「百メートルおきくらいにあるようです」

およそ五十個くらいも対戦車壕を越えたかと思う頃、大通とおなじように町の東端に川が流れている梅村という小さな集落に到着した。川に面した小さな茶館で休憩をする。

なるほど、さっき小隊長が言ったように、この地方の住民は反抗的なようだ。なぜなら、田舎の中国人にはじつに素朴で善良な者が多くて、われわれを見るや、すぐニコニコと笑顔を見せるのであるが、ここの者達はなかなか笑わない。狡（ずる）そうな眼付きでわれらの顔をうかがい、われらの行動を見守っている。

私は店先に集まった住民に憎いものを感じた。店のボーイをして保長を呼びにやった。すぐにやって来た。

私は明日、二十名の苦力（クーリー）を電線架設の援助のために出すように命じた。そして、もちろん金は払う。しかし、苦力が出て来なかったら承知せんぞ、と強く言い残した。

山中行軍

川向こうは丘陵地帯になっていて、丘はあたかも巨大な櫛の歯のようにならんでいた。そして、既設電線路と小さな道が、その肋骨の山と谷を登ったり下ったりしていた。

民船を招いて川を渡った。私どもはいよいよ山の中に入っていくので、敵襲に対する一抹の危険を感じはしたが、ますます元気に歩いていった。道はともすれば生い茂った草木のために消えがちである。

春はまさにたけなわで、放胆に伸びようとする草木の意欲は山腹面にあふれて、その精気はむんむんと鼻をついた。四月といっても背中には汗が流れる。上衣をとって歩く。二又道に出た。

「弱ったなあ」

「地図には、こうはなっていないんだが――」

　さあどちらに行ってよいか分らぬ。すると一人の品のよい男がやって来た。やり過ごしはさせぬ。たちどころに陶村までの案内役が出来上がった。

　彼はこの村の保長で、朝から陶村まで行って来て、今少しで我が家へ帰りつくところだったそうだ。なかなか明るい感じの賢い男である。私は中国語で話をしてみた。

「子供は幾人いるかい？」

「三人です。一人が女の子で、二人が男の子です」

「それはめでたい、けっこう、けっこう」

　中国では子供の多い話が出た時はこれをほめることになっているそうだが、案の定、眼を細くして喜ぶ。

「あなたは何人お持ちですか？」

「俺はカカアを持たない、それで子供もいないよ」

「嘘ばっかり、そんなことがあるもんかね」

「ほんとうだよ、嘘なんか言いやしない。二十二歳で学校を出て、しばらく会社で働いていて、そろそろ嫁を貰おうかと思っていたら召集を受けたのだ。そして、それから二年もこちらにいるんだもの」

　ニコニコ笑っている。

「ご両親は？」

「母はずっと前に亡くなり、父も俺がこちらに来てから死んじまったよ」

　感に堪えぬという顔をする。竹林の中で休憩をした。このあたり一帯、竹林がたいへんに多い。みごとな筍がにょきにょきと顔を出している。

「今夜はご馳走だぞ」

「こりゃあ、いい土産ができた」

と、めいめい欲しいだけもぎ取った。ふたたび歩きだす。私は新電線路を陶村から既設線に沿って山の中をつっ走らせるか、それとも揚子江岸に近い山側にするか、そのいずれかを判断せねばならぬのであった。

　山はいよいよ深くなり、道はくねくねと曲がっている。松の木がある。ツツジが咲いている。ウグイスの声もする。まるで故郷の山そっくりだ。雲仙嶽登山の記憶の翅がはばたく。

　みんなくたびれてきた。ふうふういっている。もうすぐ着きそうで、なかなか着かない。

しかし、ついに着いた。ひどい山の中で十軒ばかりの家屋がある。休憩――。

大樹のある裏山に登って地形を調べたが、電線路は結局、既設線に沿わすことに決めた。

偵察はすんだ。さて今度は今来た道をひき返すか、それとも作業終末点の九江まで出てしまうかが問題になったが、九江に行く方が少し歩けばよかったので、その方に決めた。九江まで行けば、あとは船で大通まで帰れるだろうと言うのだ。

しかし、この行軍も楽ではなかった。約四キロほどは今までよりも、いっそう深い山のなかを進まねばならなかった。みんな水筒の水をがぶがぶ飲んだ。一列の長さがだんだん伸び、それはなかなか縮まらなかった。

私はふと足下に錆びだらけの缶詰の缶がいくつも散らばり、近くの山々には壕が掘りめぐらされているのに気が付いた。あちこちに盛り上げられた赤土がある。缶詰の缶から考えると、ここにはたしかに友軍がいたと思われるが、こんな山の中まで友軍は戦ったのであろうか。

「歩兵はご苦労じゃのう」

と、森本軍曹が言う。新聞には決して出てこないけれども、小さい丘を取ったり、小さいクリークを渡ることが、いかに困難なものであるか、そしてまた、いかに尊い犠牲を要したかを私は知っている。

「隊長殿、戦死者の墓があります」

と、当番が言う。なるほど墓標が立っている。歩兵中尉以下数名の名が連ねてある。私どもは筍を降ろすと上衣を着て黙禱をした。瞼がじんじんした。低い蝉の声だけが耳の底に響いている……。

私どもは思いがけなくぶつかったこの現実に暗然となって歩いた。こんな辺鄙な、日本人の眼にめったに触れそうにない所で静かに眠っている戦友達が、あまりにも淋しすぎると思った。

春夏秋冬の季節の足音は聞こえよう。また、道を通る声高な中国人の会話も聞こえよう。しかし、なつかしい日本語を聞くことは恐らくないだろう。

戦死！　それは何という悼ましさを異国の土に刻むものであろうか。

九江までの道はなかなか遠い。皆疲れきっている。誰ものを言わない。皆は足下に眼をそそぎながら、黙々として行く。しかし、筍だけは決して捨てない――。ふらふらになりながらも、あるいは肩にし、あるいは竹の天秤棒で二人して担いで行くその姿は、むしろ滑稽ですらあった。

ようやく九江が見えはじめたので、一同は元気をとりもどす。

「おい、こりゃあまるで敗残兵のようじゃ」

「そのへんで取ればよかったに、少し早すぎたのう」

「もうこうなったら捨てられんぞ」

「さあ、うまい夕飯が食えるぞ」

七時頃、とうとう着いた。関西出身のやさしい兵隊達がいた。汚ない中国家屋に住んでいる。床上げもしていないで、藁の上にアンペラを敷いている。私は電話で中隊長に連絡をとった。

「そうかの、そんな所まで行ったのか、ご苦労だった」

兵隊は台所を借りて夕飯の準備に忙しい。さっきの疲労はどこへやら。陽が落ちかかる頃、飯ができた。

草原に筵を敷いて、丸くなって食う。手まわしのいい木島伍長は、ちゃんと支那酒(チャンテユー)を買ってきていた。

「もうええ、もうええ」と言うのに、大きなコップになみなみと注がれてしまう。ひどく強くて、舌と胃の管が焼けるようだ。イリコをまぜて煮た筍のうまいこと、ホヤホヤの飯のおいしいこと、みんな食うわ食うわ……。

すっかりよい気持ちになって、大通へ向かうヤンマー船に乗りこんだ。

「危ねえ、危ねえと言いたいが、何のことはありやせん！」

「だいたい、このあたりの兵隊は気が小そうていかん！」

当たるべからざる気炎である。唄が出る。木島伍長の都々逸（どどいつ）の声と節回（ふし）しのよさ。

「うむ、こりゃあだいぶ金を食うとるばい」

と、誰やらが冷やかす。森本軍曹が髭にも似ず、『上海の花売娘』をうまく歌う。

月が出てきた。みんなが歌えと言ってきかぬので、私は『孟姜女（モンチャンニュイ）』を歌った。

正月裏来是新春
家々戸々点紅燈
別家丈夫団円敍
我家丈夫造長城

一月には新しい春が来て

軒には赤い提灯
よその主人は帰って来たが
私の夫だけは長城を造っている

私は幾世代にもわたって虐げられてきた中国人のなげきと苦しみとを歌いながら感じていた。

「うまい、そんな中国の歌をどこで覚えましたか?　隊長殿も隅にはおけぬぞ」

十一時半頃に宿舎に帰った。中隊長はきちんと服を着て、私どもの帰りを待っておられた。私はこんな中隊長のためなら死んでもよいと思った。

電線路伝単

次の日の作業予定は五溝から梅村までだったが、おびただしい対戦車壕のために、自動貨車も輜重車も使えず、材料の運搬は駄馬と膂力（りょりょく）によるほかになかった。

八十キロもあろうかと思われる鉄線を二丸も負わされた馬の背は弓のように反り、太鼓腹は大きく波打ち、その歩みは野外騎乗のように軽快にはいかない。馬は頭をしきりに上下に振って調子をつけながら重そうに歩いていく。

馬を御する輜重兵達のひきしまった声々。馬を持たない輜重兵は、苦力にまじって電柱の碍子入りの木箱を担いでいく。重そうな格好と足取り。巡査のNも、酒屋のAも、仲仕だったFも、皆働いている。馬となり、苦力となって懸命に運んでいる。「私」のない姿、奉仕の姿がそこにあった。

兵隊と苦力の片言の中国語による会話が始まる。

「お前は一日働いていくら金をもらうか」

「飯をいただいて一日四十銭です」

「そりゃいいな！」

「いいえ、いいえ、それどころではありません」

「どうして？」

「カカアがいるし、子供が三人もおります。おまけに近頃、米が高くなってひどく貧乏をしております。大人（タイジン）はいくらとりますか？」

「俺か、俺は一日三十銭だ」

「大人はほんとにご苦労様ですね」

人と馬との精根をつくした労役によって、材料は円滑に配給され、作業は順調に進んでいった。電柱がつぎつぎと建つ。電線がぴんと張られる。作業員達がヤモリのように柱にとまって作業をしている。

しきりに呼子笛が鳴り、「逓伝（ていでん）」の声々が長く響く。そして作業隊は、長大な生き物となって前へ前へと進んでいった。

河原の木蔭で昼食を食う。飯粒までがじつにおいしい。

「おい、食えよ」「さあ食べろ」と、いろいろな缶詰があけられる。飯盒をつつく兵隊達の何やら真剣な横顔――。

「今に見ちょれ、乾物ばかり食わすぞ」

と森本軍曹が言うと、

「太え間違げえだ。だまされんぞ」

という兵隊がいて、皆はどっと笑った。

河岸では中国人があちこちで魚を獲っていた。大きな網を水中に入れて置いては、時々それをじんわりと引き上げているが、獲れていそうな気配は見えない。

水煙袋（すいえんたい）（水冷式煙管）をくわえて煙草を喫んでいる者、じっと水の流れに見入っている者、いねむりをしているらしい者、呑気な漁夫達だ。他の地方の魚獲りもおおむねこの類いの原始的な獲り方をするが、あれで魚が獲れるとは、やはり中国は魚までがよほど呑気にできているのであろう。

上の方から幾百羽というガチョウが一人の中国人に追われて、ぎゃあぎゃあ鳴きながらやってくる。中国人はじつに動物使いがうまい。豚でも家鴨（アヒル）でも、一本の竿で群れを集めながら、たくみに歩かせることができる。悍（かん）の強い日本の馬ですら、彼らは猫のようにおとなしい馬へ変える方法を知っている。

私は彼らのこの不思議な特性について、深い興味と魅力とを覚えた。

午後、打ち合わせどおり篠原部隊本部の宣撫班員三名が、たくさんの伝単（宣伝ビラ）を持ってやってきた。電柱にビラを貼り、また近くの集落で電線路愛護の話をしては、ビラを配ってまわるためである。

新しく建てられた電柱には、それらの伝単がつぎつぎと貼られた。大部分は紙製であるが、中には鉄板製もある。

『農民要愛護郷村愛護電桿』

『電線即是保護我們生命的垣墻』

『愛護電線路就是和平的基礎』

なかなかよい文句だ。それから私が作った次のような意味のビラもつぎつぎ貼られた。

『　布　告

皇軍ハ第三国ノ煽動ニ踊リツツアル抗日政権及ビ其ノ主体タル軍匪ハ之ヲ敵トシテ徹底的ニ膺懲（ようちょう）シテ其ノ迷妄ヲ打破シ彼等ガ翻意反省スル迄ハ断固トシテ戦争ヲ継続スルモノデ

アル。然シ皇軍ハ決シテ良民ヲ敵トスルモノデハナイ、ソレドコロカ反(かえ)ッテ皇軍ハ良民ノ味方デアリ良民ハ心カラ之ヲ綏撫(すいぶ)シ其ノ弱キヲ扶(たす)ケルモノデアル。皇軍ハ良民ノ生命財産権利ノ擁護ノ為ニハアラユル犠牲ヲ払イ、其ノ維持ノ為ニハ出来ルダケノ努力ヲ尽スモノデアル。

今般皆ガ見ルヨウニ立派ナ電線路が出来上ッタガ、此レハ全ク皇軍ノ作警備ト関連シテ皆ノ生命財産権利ノ保護、皆ノ福利増進ノ為ニ建設サレタモノデアル。恰(あたか)モ其レハ皆ノ生命線トモ云フベク、此ノ線サヘ事故ナク保タレテオレバ皆ノ生命財産権利モ亦異常ナク保タレル訳デアル。然シ若シ此レガ破壊サレル様ナ事ガアレバ皆ノ幸福ヤ利益モ亦破壊サレル事ニナルデアロフ。従ッテ皆ハ自分ノ郷村ヲ愛護スルヨウニ此ノ電線路ヲ愛護シナケレバナラヌ。此ノ電線路ヲ愛護スル事ハ他人ノ為デハ無ク、実ハ自分達ノ為デアルノデアル。即チ皆ノ幸福安全ハ此ノ電線路カラ生ズルモノデアルト云フ事ヲハッキリ知ラネバナラナイ。

故ニ皇軍ハ此ノ電線路ノ保護ニ関シテ重大ナル関心ト全幅ノ努力ヲ払ウモノデアル。而シテ皆ノ中ニ克(よ)ク之ヲ愛護スル者ガ有レバ賞ヲ与エ、逆ニ之ニ対シ破壊的ナ事ヲスル者ニ対シテハ罰ヲ加エル。若シ皆ノ中ニ抗日政権ヤ其ノ軍匪ノ手先トナッテ電線路ヲ破壊スル者ガアツタリ、或ハ電線ヤ電柱ヲ欲シサニ泥棒ヲ働ク者ガアレバ、徹底的ニ探索シテ引捕エタ上殺シテシマフ。又反対ニ線路ヲ破壊セントスル陰謀ヤ或ハ破壊シタ者ヤ又ハ現ニ破壊シテイル事実ヲ皇軍ニ通知スル者ニハ夫々相当ノ賞金ヲ与エル。

各郷村ハ今日以後、村長以下一団トナツテ自己ノ村ノ近クノ電線路ノ保護ノ為真面目ニ熱心ニ努力ヲ払ワネバナラヌ。若シ皇軍ノ言フ事ニ耳ヲカサズニヨイ加減ナ事ヲナシテオレバ、其ノ村ニドンナ災害ガ起コツテモ其ノ責任ハ負ハナイ。各郷村ハ各自ノ幸福ノ為皇軍ニ協力シ此ノ電線ノ愛護ニ全力ヲ挙ゲ以テ東洋新秩序ヲ一日モ早ク招来スル様努力セネバナラヌ。

昭和十五年四月十八日』

私は宣撫班員とともに近くの集落に入った。保長を呼んで村人を集めさせる。たちまちぞろぞろと集まってきた。山羊髭(やぎひげ)の老頭兒(ロートル)、禿頭病(とくとうびょう)の中年者、肺病らしい青年、瘡蓋(かさぶた)だらけの少年、赤ん坊を抱えた色の黒い女達、大蒜(にんにく)の臭いと垢と油の臭いがぷんぷんする。

「こりゃ臭い話をせにゃならんぞ」

と苦笑しながら、班長と通訳が話をはじめた。

無表情な顔々が、なにかをつかもうとしている。素朴な顔々が言わんとすることを捉えようとしている。班長は伝単の長い文句に似たことを語り、時々「分るか?」と念を押す。通訳もまた念を押す。

皆は口々にはっきりと「明白、明白」と言い、大きくうなずく。少なくともこの教室だけでは、この生徒達は恐ろしく飲みこみが早い。それは私をとり巻く幾梃かの銃が、そうさせるのであろうか。いや、それにしては彼等の面持ちはあまりにも真剣すぎる。

話が終わって伝単を配る。また、用意してきた目薬と煙草とを分配する。「私にも、私にも」とたくさんの手が差し出されて奇声が上がる。

物を人にあたえる快感に兵隊達がいる風景の楽しさ、物を人から貰った喜びに住民達がいる光景のよろしさ。私達は麦畑のなかのレンゲ草の花咲く小路を通って日の丸の旗を先頭に、集落から集落へとちょうど富山の薬売りのように流れていった。

第三章　通信兵気質

渡河架線

夕日が傾きかけた頃、私達は梅村についた。私はただちに設営係、炊事係をともなって今夜の宿を探してまわったが、作業隊の宿舎は河岸の寺院、輸送隊の宿営地は川の対岸の林の中と決めた。

馬と材料はどうしても今日中に川を渡しておかないと、明日の輸送開始時刻が遅れるからである。

寺院の横では、さっそく輸送隊が水馬渡河の準備をはじめた。物見高い中国人がたくさん集まってくる。今日は良民たるを示す腕章を皆はめている。

木島伍長をはじめ、みんな褌一貫となる。馬も裸にされる。それを見て、中国人達がゲラゲラ笑っている。それはたぶん中国では、女性が月のものがある時、褌に似たものをつけるからであろう。

木島伍長が模範を示して、真っ先にザンブと川に飛び込んだ。馬は生まれながらにして水泳の名手だ。頭だけを水面に出して、軽く水を切って平気で泳いでいく。木島伍長も一緒に泳いでいく。

見物の中国人達が感嘆詞を咲かせる。

「ハイヨウ！　ハイッ！　アイヤアー」

輜重兵達がつづいて一人ずつ馬とともに水に躍り込む。水馬の渡河は思ったよりも容易にはかどるようであった。

作業を見にいくと、建柱班はすでに到着していて、川越し作業にかかっていた。川越しは相当に高い帆柱の船でも航行できるように人形柱にした。人形柱とは、二本の本柱の上部に一本の柱の下部を接合し、三柱を吻合（ふんごう）したものである。

地方（一般社会）で電工をしていた連中は、ここが腕の見せどころと張り切って作業をやっている。架線班は後方一キロばかりの所まで進んで来ていた。

私は昨日休んだ茶館に入って保長を呼び、布告を書くことを命じた。一人の老人がやってきて墨をするが、決して急がない。ゆっくりゆっくりとする。中国人と日本人との何と

3本の柱をつないだ人形柱

へだたりある習性よ。

立札ができてきた。一字書いては眺め、一筆加えては頭をひねっていたが、そのうちに立派なものが出来上がった。

『　布　告

日本軍指揮官

毎航行的帆船注意皇軍即電話線若有割　断線的帆船就倒着的航行罷違反者　厳加懲弁』

とうとう陽は落ちて、あたりは薄暗くなってしまった。兵隊達の疲労と空腹とは限界に近いように見えた。そして、これ以上黙って作業をつづけさせることには堪えられぬ思いがした。

一日中、或る者は孔を掘りつづけ、或る者は柱の上ばかりで暮らし、或る者は電柱を担ぎとおしてきた。もう兵隊の手足はかなわぬようになり、身体はくたくたになっている。兵隊はただ私の「作業止め」の号令がないばかりに、ふらふらの身体に鞭を打ちつづけて働いているのだ。或る者は「こんなに遅くまで鍛えやがって……」と腹を立てているだろう。或る者は鬼のような隊長だと、憎しみの炎を燃やしているかも知れない。

私は真っ暗になっても予定どおり作業を完成しようという思いと、早く作業を止めさせねばという思いとの相克に困惑を覚えつづけた。

突然、耳もとで森本軍曹の声がする。

「隊長殿、今しばらく作業を止めさせないでください。この川越し作業だけは、今日中にどうしてもやらせてください」

柱の上からは元気な声が後方へ送られる。

「柱上作業」と呼ばれる保線作業。通信隊にとっては有線網の保守・点検も大事な任務であり、通信網を切断するゲリラとの戦いでもあった

「おーい、川越しはもうすぐ済むぞー。張線組、留線組、早うやってこーい」

「おーい、承知」

返事が聞こえた。私は胸につまった思いが、いっぺんに晴れあがるのを覚えた。何とすばらしい兵隊達だろうか！

真っ暗になってしまった頃、ついに作業は完了した。宿舎に行く。

「あゝくたびれた。大陸の春陽は長いからな」

「しかし、川越しまでやっつけてよかったなあ」

「今夜もまたお寺かな。おい、どこかに支那酒は売っていないか」

寺院の土間にはアンペラが敷いてある。屈強の兵隊達が蝋燭の灯りに照らされて、わいわい言いながら飯をかっ込んでいるさまは壮観極まるものであった。

その夜は警戒を厳重にした。とくに敵性の住民に火を付けられる怖れが多かったので、不寝番はたえず宿舎の周囲をぐるぐると回った。また、不寝番は輸送隊との連絡を密接にとることを命ぜられていた。

「おーい輸送たーい、異状ないかー」

「おーい輸送たーい、異状なし」

夜更けの川辺の床に、そして眠りの靄（もや）の中に、その呼び合う声は一晩中、なんとも言えぬ悲壮な響きをもって聞こえていた。

縁の下の力持ち

目覚めると、歯を磨きながら裏に出た。まだ陽は昇っていない。長江はとても静かで美しい海のようである。私はふと、この眺めが東唐津（佐賀県）の浜に似ているなと感じた。

朝食を終えて民船で対岸に渡る。両岸にはみごとな接合柱が立っている。

「やっぱり電信隊の兵隊さんの仕事は、ぱりっとして立派なもんじゃのう」

と、大山一等兵が言う。対岸には一昨日の保長が、苦力を四十人ばかり連れて来て待っていた。ただちに作業を開始した。

今日からの作業区間は既設線路がわりに堅固であるし、また新設に要する時日もないので、添架作業である。朝の兵隊達は昨日の疲労などすっかり忘れてしまって、生き生きとしている。ぴちぴちとしている。

張線組長の呼子笛が新鮮な空気のなかに響きはじめる。材料を運ぶ苦力達の白い服が緑のなかに黙々とつづいている。馬達は明日分の材料まで、たくさん背につけられた。馬繋場は、ちょうど鎌で刈り取ったように、きれいに草がなくなっていて、その長方形の面積は一夜のうちにできたテニスコートかと思われた。

私は当番と保長を連れて進む。今日の作業隊は草むらの蛇のようで、その長い姿を見ることはできない。私が通る付近や、丘の斜面で草木のとぼしい所などに兵隊の姿は、わずかに認められるばかりだ。第一線陣地では野砲がうなり、機関銃の音がしている。

「いつもこんなか？」

「たいていはそうです」

「こわくはないか？」

「ちっともこわくはありません。もう馴れております」

中国人の神経は太い。彼等はたぶん、この戦争も演習くらいにしか感じていないのであろう。私はこのあたりの第一線の兵隊の労苦を思うと同時に、われわれが派遣になるまでの、田舎の任地での部下の労苦を思い起こした。

広野を走る幾百キロの電線路を守るために、軍の神経を確保し、その脈絡を維持するために、彼等はわずかの兵力で分散配置されていた。兵隊には冷凍魚が届かず、半年も海の魚を食わなかった。水はクリークの水を明礬（みょうばん）で澄ませて飲んだ。冬には裏山の木々を切って、みずから炭焼きまでした。

彼らのいる所には敗残兵の襲撃こそあれ、とても慰問団など来るはずもなかった。兵隊達はただ任務を異常なくつくすことに意義と誇りを見出して孜々（しし）として働いた。

みんなの楽しみといえば、時折りもたらされる懐かしい母国の便りと、裏山のウサギ追いくらいなものであったが、われわれを送り出したあとの戦友達は、今頃はさぞ淋しく、そして忙しくて苦労をしていることであろう。

私は軍の作戦、警備の縁の下の力持ちとなって、眼に見えぬ働きをしている通信の労苦を身をもって知っている。今われわれが添架作業をやっている既設線だって、漢口作戦のおりに軍通信隊の者が架けたものと思われるが、よくも長距離を建てたものだと感心する。添架でも大変なのに新設なのだ。測量に材料運搬にいかばかり骨の折れた仕事であったことか！

丘を越え谷を渡り、はるばるとつづくその電柱らは素朴な表情をして、何のお喋りもしないけれど、それにかかっている電線は今もなお生きているのだ。電信隊の兵隊達の血が

草深い草原にも通信線は延伸されてゆく

流れているのだ！

　小さな集落へ入る。家々の前にお茶を用意していて、つぎつぎとやって来る兵隊に、さかんにサービスをしてくれる。

「もう一杯、お代わり、還一個」

　なかなかの繁盛である。一人の老頭児は最高の敬意を表して、自分の着物で茶碗を拭いて、毒見をしたうえで私にお茶をすすめた。しかし、着物のよごれ、口元の瘡を私は見逃さなかったが、没法子、とうとう飲まされてしまった。

娘々廟(じょうじょうびょう)で昼食をとる。

「娘々廟というが、いっこうこのあたりには姑娘(クーニャン)が見えぬのう」

と大山一等兵が言うと、誰かが、

「お前等が来たから、どこかに隠れてしもうたんじゃ」

と返した。私は炊事係に、今晩は筍と鶏とをたくさん煮るように伝えた。

午後の陽は相当に暑かった。山の中なので、作業隊はともすれば各班組との連繋がうまくとれなかった。

私は乗馬でおなじ道を後方へ帰っては前進し、遅れがちな組を督励し、進みすぎる組には別の任務をあたえたりして、各班組がたくみに連携をたもちながらおなじ歩調で進み、全般の作業が円滑迅速にはかどるように努力した。

兵隊はみんな真剣であった。こんな山の中であるから、山の蔭、草むらの中で油を売ろうと思えば、どれだけでも売れるのに、そんな者は一人もいなかった。

また、その働きが人の眼に留まろうが留まるまいが、そんなことは問題ではなく、兵隊は今日の予定地、今夜の宿舎のある地点まで、ただひたすら自分の作業をやりつづけていくのであった。

薮の中を押しわけて進むので、刺(とげ)のために軍服が裂けている者、灌木の枝で眼を突かれたり顔に傷ができた者、柱から滑り落ちて腕や脚を傷めた者もいる。鉄線ばかりを扱いつづけてきた者は、みな指に繃帯をしている。

そして、マラリア熱が昨日から出ているという蒼い顔色の二人の兵隊も、苦しそうな顔をしながらも働いている。私はつぎつぎと眼の前を過ぎていくこれらの兵隊達に、「ご苦労、ご苦労」と言いつづけた。

延線組の一団は戦帽の顎紐(あごひも)に赤いツツジの花を挿していた。それは梅の花をかざした古武士にも似て風流なものであった。

苦しい中にも、なおそのような余裕をもって作業をしている兵隊達が、私には限りなく頼もしく、またおくゆかしく感じられた。小鳥の声々にまじって、ひときわ高くウグイスの啼き声が聞こえてくる。

陶村寂寞

私が陶村に着いた時はまだ明るかったが、輸送隊はしきりに馬の手入れをしていた。可哀想に馬には鞍傷ができかけており、また方々で小さく皮が破れて肉がはみ出していた。木島伍長は薬をつけてまわり、輜重兵達は馬にマッサージをほどこしている。自分達の身体や被服の手入れは後回しにして、飯も食わないで皆はまず馬の世話をしているのだ。何と美しい涙ぐましい光景であろうか。木島伍長は、

「今日はちょっと骨折りました。馬も二、三度ひっくり返しました」

という。見ると、泥だらけの馬もいる。馬達はごりごりとうまそうに筍を食べていた。旺盛なその食欲。

「今日は馬も筍のご馳走であります。牛飲馬食とは、よう言うたもんじゃ」

などと、輜重兵達の声々。

炊事場では夕飯の用意が忙しい。炊事係は本職の板前だ。筍のあざやかな刻みよう、その快い音、中国の媳婦(シーフー)達があきれてみている。

「筍は多々的(タータ―デ)ありましたが、鶏は一羽もおりませんでした。缶詰の鯖(さば)で我慢してくださ い」

という。

陽がとっぷりと落ちてしまって、暗くなりかけた頃、作業隊はようやく到着した。まず飯だ、筍だ、お茶だ。野天に蝋燭の火が灯される。汗と膏(あぶら)でぎらぎらと光る陽に焼けた顔々、あふれる元気さからくる荒々しい声々。

「お前らはまるで山賊のごたるぞ」

と森本軍曹が言う。兵達の方も負けてはいない。

「班長殿は髭から背負い刀の格好まで、それこそ山賊の親分そっくりですよ」

爆笑が起こる。飯も菜も余裕をみて炊いていたそうだが、たちまちなくなってしまった。

炊事係は夕方、さかんに筍を食っていた馬達を思い出して苦笑した。

飯を食い終えた兵隊のうち十数名は近くのクリークに身体を拭きにいった。もう一週間も風呂に入らないので、私の身体も臭くて、むず痒かった。私も桶の水で体を拭く。

「足元に気を付けんと危ないぞ」

「あゝいい風呂だった。しかし、少しぬるすぎたなあ」

と言いながら兵隊達は帰ってくる。

みなは数軒の家に分宿した。民間の土間には藁がいっぱいに敷かれている。たちまち健康な睡眠がはじまる。元気な、いくつもの鼾（いびき）。ネズミの多さ。梁の上や兵隊の足下にちょろちょろと出てくる。

炊事場からは、まだ包丁の音が聞こえてくる。明朝の味噌汁の準備であろう。炊事係も楽じゃない。夜は静かで、しみじみと山の中にいることが感じられる。

森本軍曹の言った「山賊」という言葉も楽しく蘇ってくる。疲れが、そのうちに潮のように迫ってきた。

私はふとネズミの声に眼を覚まされた。何とも言えぬ低い哀れな声が聞こえる。しかし、それはじつは隣室に寝ている中国人の赤子の泣き声なのであった。そして、それが赤子の声であると分かったとき、私はかつて感じなかった寂寞感（せきばくかん）に襲われた。

人生二十九、いまだ愛すべき女性を持たず、また愉しかるべき恋を私は知らなかった。

私の青春はすでに褪(あ)せかけ、思い出の雲々も薄れがちであった。そして、今は戦争という巨大な浪のまにまに揉まれつづけている私だった。

事実、私の生命の舟はいつ覆るかも知れなかった。産業人としての社会生活の完成や家庭生活の設計、それらは浪間の泡よりもいっそうはかなく、望みないものであった。

私はしみじみと中国大陸の夜の限りない深さと、人生の淋しさとを覚えた。

しかし、この思いが、ふと明日の任務にまでおよんだ時、その寂寞の霧は一瞬にしてはれ上がり、私の頭には野山を越えてひた走る一条の電線路のみが、はっきりとうつしださ れた。

第四章　電線は生きている

第一次作業終了

翌日は第一次作業の最終日であった。作業をすべき距離はまだ十キロばかりあったけれども、否が応でもこの日の二四〇〇（午後十二時）までには作業を完成させねばならなかった。

そこで私達は、この日はいっそう早起きをして暗い内に飯をかきこみ、外が明るくなると同時に作業にかかった。手足や背中が連日の過労からこわばっていて痛い。しかし、与えられた命令を完全に遂行するために、われわれは激しい闘志にもえあがった。

そして、行く手をさえぎる山々はいよいよ我等の元気をふるい起こさせこそすれ、決して士気を鈍らせはしなかった。私達は全員が一丸となって山と戦い、限りある時間と闘い、困難なる作業を逐次征服していった。

広大な田園地帯に通信線を張りめぐらせる柱上作業は電信隊の華

丘や森やクリークもものかは、私達は目的地までの距離をしゃにむに前進していった。前線からは今日も大砲の音や機関銃の音が聞こえている。

今日は苦力（クーリー）が多く、五十名以上もいるようだ。胸に赤い布切れを下げた者、腕に鉄線や白布を巻いた者、首に白紐を巻いた者など、苦力達は各組ごとにいろいろな目印がつけられている。組長達の着眼はなかなかよろしい。

兵隊達はこれらの苦力達を叱りつけ、せきたてて作業をしている。兵隊達は気合いが入っているので、苦力達も楽ではない。少し仕事が遅かったり、緩慢な動作をしていると、すぐに叱声が飛んできて、いつなんどき鉄拳が飛ぶかも分らぬのであった。

兵隊達の怪しげな中国語の指揮によって、苦力達は汗をだらだら流し、はあはあと息をしながら懸命に働いている。時々、言葉がよく通ぜぬために、兵隊の指示と違うことをしでかす。

兵隊が大きな声を出すと、苦力はさらに兵隊の意思と違う反対のことをする。その時の兵隊の歯がゆそうな顔と苦力の途方にくれた表情……、それはおかしくもあるが、あまりにも真剣な場面(シーン)である。

電線や碍子箱を担がされた苦力達も、登り下りの道でえらい苦労をしている。時々休憩をしているが、それもゆっくり休むことはできない。すぐに「おーい、你公快々的(ニィコウカイカイデー)!」と呼ばれるのだ。

ニイ公とは中国語の你(あなた)と、日本語のハチ公、留公の公の字とをくっつけて、我が隊の兵隊がつくった苦力達への好感ある呼び名であった。

それから苦力以外に、作業隊にはたくさんの小孩(シャオハイ)どもが今日もくっついている。この子供達は兵隊がきわめて珍しいらしく、兵隊達の雑嚢や水筒を肩から吊って、ちょうど兵隊達の家来のように、にこにこしながらぺちゃくちゃ喋りながらついてきた。

「どうしてお前は俺達のニイ公を使うたか」

「ちょっと借ったんじゃ、そげんやかましゅう言わんでもよかじゃないか」

「いや、いかん。人の苦力を気安う使うな。使うなら自分の苦力ば使え」

この兵隊は、自分の使う苦力が可愛くてならないのだ。また私は、昼食時に自分の飯をまるでピクニックの友達かのように、苦力に分けて食わせていた兵隊達を毎日見てきた。それは闘いを超えた温かい人間愛の姿でなくて何であろうか――。

午後一時頃、われわれはついに丘陵地帯を抜け出して平地に現われた。空が広々と感じられ、道はすこぶる歩きやすかった。作業隊は檻から放たれた動物のように身軽くなり、疲労を忘れて生気をとり戻した。

われわれは昼食も食わないで、なおも進んでいった。すると、はるか向こうから大被覆線を延ばす一団と思しきものがやってくるのが見えた。何だろう、おかしい……と思っているうちに、それは中隊本部の准尉以下の作業隊であることが分った。

「おーい、おーい」

兵隊達が呼び合い、手を振りあった。皆の顔に歓喜と笑いが満ちあふれている。私の胸も高鳴り、喚きたいような衝動にかられる。

われわれは幾日ぶりかに日本の兵隊を見たのだ。思いがけなく、我が中隊の者と顔をあわすのだ。何という感激ぞ！

准尉が白い歯を見せて笑いながらやってくる。大絡車もくる。私も笑っている。皆も笑っている。作業隊到着――。

「ご苦労でした」

「ご苦労さん、ご苦労さん」

手を握りあった両作業隊には感激と興奮がうず巻いた。

准尉達は、とても私達の作業が今日中に済みそうになかったので、中隊長の命令により、作業終末点に船でまわって、そこから取りあえず大被覆線を二条延線してきたのであった。

しかし、本部には建築兵は一名もいなかったので、その作業隊は准尉と建築班出身の炊事軍曹のほかは全部輜重兵であった。

「ご苦労だったなあ」

と言うと、

「いや、この商売の方がいいです。おもしろいです」

と言う者があって、みな明るく笑った。

「九二式電話機」の使用状況。「九二式電話機」は通話通信の他に、本体の横にある押しボタンにより、モールス通信も可能であった

ただちに導通試験をする。両端末を接続して電話機の転把をまわす。受話器を耳に当てる。通ずるか、通じないかという不安な気持ち、通じてくれ、聞こえてくれと念じる心。私は耳だけになる。透明になってしまう。

声が飛びこんできた！

「はい、こちらは大通の森部隊本部です」

「はい、こちらは貴池の田村隊であります」

はっきりと、いややかましいほどよく聞こえるではないか。頂好（テンハオ）だ。

「あー、こちらは福田隊ですが、今から導通試験をしますよ」

ベルを送る。ベルが入ってくる。

「よしッ！　よかった、よかった」

傍でかたずを飲んでいた准尉、森本軍曹の声。

「ばんざーい」

兵隊達の歓声があがった。

野武士たち

両作業隊とも昼食とする。一時に安心と疲労が襲ってくる。飯を噛むのさえ、何か力の抜けた感じである。

一人の老人が近づいてきた。真っ白な顎鬚を生やした好々爺だ。娘々廟の付近で電線が切れているから知らせにきたと言う。私達は初めはそれが敵側の奸計かも知れぬという疑いを抱いた。

しかし、いろいろと本人の身の上や電線の切断状況について聞いた結果、どうやら本当らしいので、私は保線兵を出すことに決めた。ただし、補修に行くには友軍が一人もいない中を十キロ近くも引き返さねばならなかった。

私は森本軍曹以下四名に、乗馬で保線に出かけるよう命じた。弾を十分雑嚢に詰めこんで、ひらりひらりと馬にまたがる。

「では、行ってきます」

森本軍曹の力強い言葉。四人の野武士は鞭を当てて馬を飛ばした。私は遠ざかっていくその姿を眺めながら、どうか無事で帰ってくるようにと祈った。

その後の作業は、一着のままゴールに入る確信をもったマラソン選手のように、ゆうゆうと、しかもますますピッチをあげてはかどっていった。

私達は明るいうちに九江までの架線を完了する自信もできたので、せっかく延ばしてきてくれたその被覆線だが、それを撤収して裸線に架けかえることにした。裸線架設部隊と被覆線撤収部隊は、併行しながら作業終末点までの距離を縮めていった。

はるかに長江の堤防が見えはじめた。いま一息だと思いながらいくと、延線組が幅八十メートルくらいある池で引っかかっている。池の右端を、右手で大木の根や灌木につかまりながら、左手で線を引っ張っている。

ずるずると足が滑って、今にも池に落ちこみそうだ。数名の者が一団となって頑張っていたが、とうとう対岸までたどり着いて、線を柱にかけた。電線はだらりと垂れて、池の中に水浸しになっている。

張線組が張線をはじめる。張線器を電線に噛ませて懸命に線を張ろうと努めるが、電線には水藻がたくさん引っかかっていて、その重さで引っ張り上げることができない。張線組長が、

山中の松の木はそのまま電柱として利用した

「早う引け、何をモサモサしとるか！」

と怒鳴りながら駆けてくる。いま一度、力の限り張線をしたが、結局は駄目だった。薄気味の悪い池だ。汚い水である。このうえは張線組長に命じて、誰かを池に入れるほかはないと考えていると、

「ええい、くそッ！」

と言いながら、たちまち裸体となり、ざんぶと池に飛び込んだ二人の兵隊があった。江上一等兵と吉村一等兵だ。鮮やかな抜手を切って泳いでいく。

「あゝ気持ちがええ！」

「冷たいぞ」

電線の水藻をつぎつぎに取り除いていく。線が張ってくる。水面を離れる。水藻が土用干しの着物のように電線にかかっている。その緑の着物も引きおろされる。

ぴんと線が張る。張線をつづけよとの合図の呼子笛がピイピイと響く。私は目的を果たして泳ぎ帰ってくる二人の兵隊を見ながら、この男達はきっといつか、もっと役に立つ時があるぞと思った。

その時、森本軍曹達が馬とともに汗にまみれて帰ってきた。断線の原因はいろいろの証

拠から、敵性住民によるものであるとのこと。髭をなでながら、

「一方では線を切る奴がいるし、一方では線が切れとると言うてくるもんがいるし、どだい中国人ちゅう奴は得体の知れぬ奴じゃ」

と言った。

道は長江に向かって一直線となり、道の両側は一面の草原地帯であった。落ちかかった夕陽は赤味をおびて輝き、草原をおおう見渡すかぎりの大気は金色の光にみちみちていた。

そして、水牛や黄牛がゆうゆうと草を食んでいる姿を見ると、私は北海道やオランダの牧場はこうも広大で美しい眺めをもつだろうかと想ってみた。また、草刈りをしている農夫達を見ると、ミレーの「晩鐘」の名画が瞼に浮かび上がってくるのを感じた。

一八三〇（午後六時三十分）、ついに作業を完了し、ただちに導通試験をしたが、大通―九江間、九江―貴池間はさきほどと同様に、導通きわめて良好であった。

私は中隊長へ機を失せず報告をした。完全に任務を遂行した私達の喜びと安堵は大きかった。しかも作業が困難をきわめ、労苦にみちたものであっただけに、いっそう深いものであった。

兵隊達の気も軽く明るかった。身のまわりの整理をする川原にも、夕食の準備をする野天の台所にも歌声が流れ、笑い声がこぼれている。

風という風もないのにタンポポの白い毛が、おりからの夕陽に赤く染まった空中をふわりふわり飛んでくる。そして、私と班長達との対話も今日はまた珍しく饒舌で、ほがらかな笑いがつづいた。

おびただしい車輌の響きと馬のいななきに振り向くと、輜重隊が長い縦隊をつくって進んでくる。

近づくと先頭の将校は五溝にいた小隊長であった。

「やあ、やあ」

「ここで何をしています?」

「あれから山の中へ入って、今ここまで線を架け終わった所です」

「ほう、もう終わったのですか、早いですねえ。じつに早いもんですねえ」

と言い、

「私も昨日から、この正面の部隊に配属されて弾薬を取りにきたのです。今度は一つ頑張って手柄をたてますよ」

電話網の構築が完了すると、「導通試験」と呼ばれる通信状況の確認が行なわれる。最も緊張するときである。写真右端には、革製の携帯嚢に収められた「九二式電話機」が見える

と、にっこり笑った。

その夜は住民の家屋に分宿したが、このあたりには藁がなかったので、仕方なく土間に天幕を敷いたままで寝ることにした。

兵隊達は早くから床についたが、私と准尉は二三三〇（午後十一時三十分）からの安慶―貴池間の導通試験に立ち会わねばならなかった。

中隊の受け持ちである貴池―九江―大通間は、すでに線路がよいことは分っていたが、他隊の作業区間である安慶と貴池間の作業がこの時間に完成するので、今一度、全区間の導通試験をするためであった。

電話機を取りつけて送受話器を耳に当てて待つ。半月が出ている。やわらかに光り、静かだ。犬の遠吠えが何だか凄味をおびて聞こえる。じっとりと田圃の土が湿り、ほんのりと土の香りが匂う。夜が冷えてきて寒いようだ。准尉と一つの毛布をかぶってしまう。

電鈴が鳴った。安慶、貴池、大通、みんな出てきた。導通試験を線ごと、区間ごとに片付けていく。

中隊長の声、田村中尉の声、元気な下士官の声など、おたがいの声がすぐ傍で話をするようにはっきり聞こえる。

ベルがじゃんじゃん鳴る。

「まさに頂好の甲ですナ」

と田村中尉の声が聞こえた。中尉の喜びにはずむ声が、そのまま私の胸を衝く。安慶、大通の参謀連から、二四〇〇（午前零時）前だけれども、早目に線を使わしてくれと催促がくる。いや、もう使いはじめていた。

「敵は目下……」

「〇〇部隊はきたる××日未明を期し……」

何という感激であろうか。すでに電線は生きているのだ。苦労の甲斐があったのだ。われわれの任務は遂行された！

私は准尉とかわるがわる送受信機を耳に当てながら、言いしれぬ興奮と涙の出そうな感激にひたっていた。

いつの間にか、かぶっていた毛布ははねのけたまま、月の光に濡れながら熱い思いを抱きしめていた。

快適船旅

翌日、私達は機帆船に乗って大通まで長江を下った。天気快晴、私達の心もまたそうである。日焼けした顔々、髭だらけの顔々、裸木のように素朴で、しかも豹のような精悍さをもつ兵隊達、任務に徹した明朗さをもつツワモノ達、今日は皆いちだんとほがらかである。

「おい、お前は色が黒うなったぞ」

「そうか、そう言うお前もだいぶ黒いぞ」

「白浜一等兵が、とうとう黒浜一等兵になったわい」

「カカアが見たらびっくりするだろうなあ」

「昨日は山賊、今日は海賊か、まったくおもしろいな」

「八幡大菩薩（弓矢の神）の旗でも立てるか」

まこと、この船の一団は「倭寇（わこう）」にも似ていた。しかも彼等は何と清廉潔白で、滅私奉公の至誠に燃えている倭寇達であることか。

濁流滔々（とうとう）たる長江の流れの中、いつかはるばると私の想いは故国へ飛んでいく。絵のように美しく清い山や川や海の眺め。秩序と理性に澄み輝く社会とうるわしい人情味、悠久のおびただしい年輪をかさねてきた日本、そして一億の民々よ。

私は激しい故国への郷愁と祖国に対する愛情とが、身内にみなぎりあふれてくるのを感じた。

船は下りだから早い。じっと南方の山々を見渡すと、山々の背がじつに美しい曲線を空に描いている。山は私達が架けた電線を隠していて見せない。しかし私は、あの山々を縫って蜿蜒（えんえん）と走る電線路があることをはっきりと知っている。

それは多くの人々の眼に決して触れることはないだろう。いや、電話をかける者すらが、その存在と価値とに気付かないでいるだろう。

今時の戦争は飛行機と通信の戦争なのだ。しかし、ひとり飛行機のみに華やかな拍手は贈られていて、通信の果たす重要な役割りはおおよそ一般には気付かれないでいるのだ。

私は自分達の仕事がまったく縁の下の力持ちであり、地味なさみしいものであることをしみじみ感じた。そして、それでよい、それでよいのだと諦めに近い静かな満足を抱くのであった。

急に船首の方が賑やかになったので見ると、大きな汽船とすれ違っていた。兵隊は喚声をあげ、帽子をうち振っている。しばらくの時間の華やかで楽しいこと。

ソファーに腰を下ろしている紳士達、煙草をふかしている商人風の人達、喫茶室の窓から顔を出している者も多い。

私は先ほどの思いに相反するいらだたしい思いが油然（ゆうぜん）と湧きあがるのを覚えた。いったいあの人々は、どうして長江をあんなに呑気に上っていけるのか考えたことがあるのだろうか。その平和がどこからくるかとの思いを、一度でも抱いたことがあるだろうか。

汽車だっておんなじだ。居眠りをしながら、あるいは金儲けの話をしながら、あるいは食堂車でビールを飲みながら、目的地まで楽々と行くことができるのは、鉄道沿線からずっと入りこんだ奥地で、あらゆる辛酸をなめている警備隊の兵隊達がいるからだと気づく者が、果たして幾人いるであろうか。

私の頭の中には、いくつもの疑問符が陽炎のように浮遊するのであった。

春の光はやわらかく降りそそいで、船は軽やかに滑りつづけ、機関の振動も快かった。石に上がった亀のような兵隊達は、いつか濃い睡眠に落ちていく。深く太く眠りはじめる。蓄積された各人の疲労素が、眠りによって融かされて大気の中に発散している感じである。しばしの時間を兵隊達よ、せめてぐっすりと眠っておくれ。午後からは、また作業をはじめねばならぬ俺達なのだ。

江北の空遠く砲声がとどろいている。

「あのあたりに友軍はいないはずだが……」

と言うと、船長が、

「あれは中国軍の同士討ちだそうですよ」

と教えてくれる。

なるほど、正規軍（国民政府軍）と新四軍（元中国共産党軍、新編第四軍）との争いか。まったく中国という国は奇怪な国である。

「中国軍も忙しいことですねえ。一方では日本軍に当たらねばならぬし、他方では縄張り争いもせねばならぬし」

といって船長は低く笑った。

正午頃、船は大通に到着。宿舎に入って昼食をすますと、ただちに第二次作業に着手するために出発をした。大通から南の方、友軍第一線陣地まで、半永久二条の新設作業である。

自動貨車二輌に器材とともに乗っかって揺られていく。それは兵隊にピクニックのような感じを起こさせるのか、私は明るい顔々と子供に似た素朴さとを見た。

昨夜、貴池から引き返してきた田村隊の兵隊達は、もうさかんに作業をしている。車上と道路上から簡単な、しかしそれで充分な挨拶がかわされる。ご苦労、ゴクロウ。

車は山にさしかかる。標高四百三十メートルの梅山という、ずっしりとした量感をもった山だ。九十九折り(つづら)の道を自動貨車は苦しいうなり声を出しながら、ガソリンをやけに燃やしながら登っていく。

しだいに風景が鳥瞰図に変わる。麦の青と菜の花の黄色との綾は眼にしみるほど美しいが、内地のようにレンゲ草の赤がこれに加わったらと惜しまれる。

中腹の龍村という村で下車、われわれは昨日までの疲労がなお癒えきらぬ身体のなかに新たな闘志と決意とを燃えあがらせて作業にとりかかった。

道路はうねうねと曲がっており、先の見透しがまったくきかないので、さすがの森本軍曹も測定に非常な困惑を感じているのを、私は見てとった。そこで私は当番とともに先行して、長い竹竿に日の丸の旗を結びつけ、これを道路の曲がり角に立てて、建柱班長の前進方向を示し、その測定を容易ならしめた。

道は峠に近づくにつれて、ますます急となり、歩いていて息切れがするほどである。し

悪路をついて重い「九四式三号無線機」を臂力搬送で運ぶ無線小隊。通信隊は自衛用として「三八式騎銃」を装備していた

かも中国の晩春の陽はすでに暑い！
「働く兵隊」――だらだらと汗を流し、喘ぎながら作業をつづける兵隊。それは「戦う兵隊」が繰りひろげる壮烈さは持たないが、何と尊い姿を山道に綴っていることか。私達はエイヤエイヤと峠までの道を作業しながら登っていった。

ついに峠を越す。梅山は山裾までゆるやかな線をもって傾き、緑に燃える野原のなかに終わっている。そして、その向こうには友軍の第一線陣地たる連山がはるかに連なって見えた。

私は我が身と作業が峠を越えたことに大きな安堵感を覚え、壮大なその眺望に向かって手を挙げて叫びたいような快感を感じた。

私達は一気呵成に麓に向かって作業をつづけたが、それは下り坂の自転車のように軽く迅速に進んでいった。

あちこちから不意にキジが飛びたち、またウサギが跳ねて出た。ノロ鹿もそのすばしこい姿を茂みのなかに隠した。自動貨車の上にいた材料分配係は猟銃でみごとにキジを二羽仕留めて、今晩のご馳走を約束した。

穿孔組の江上一等兵が赤い物をくわえて、口をもぐもぐしている。何を「卑しん坊」しているのかなと思って近づくと、ツツジの一種である野生種の桃色の花をむしゃむしゃと食べていた。

「とてもおいしいですよ」

と言いながら、ポケットからなおも取り出して食べつづける。吉村一等兵も笑いながら食っている。愛すべき草食獣の食欲と味覚よ。

麓の古塔のある王村（梅山の山裾には王村が八つもあるそうだ……）で作業が終わった時は、もう陽は隠れようとしていた。そして、帰りに峠を越える頃には、自動貨車は前灯を点さねばならなかった。

強い光線のなかに白くくねくねと生まれつづける道路、光りながらヒラヒラと舞いこむ羽虫ら。宿舎までの距離は相当に遠い。腹がぺこぺこだ。汗のしみた服に夜風が当たって寒いくらいだ。

はるか東方の山に一線、赤々と燃える火は敵の示威であろうか。困ったことに、後の車のライトがどうしたのか点かなくなってしまった。だが、幸い左方だけは何とか直ったので、そのまま動き出した。

誰かが「丹下左膳ができたぞ」と言ったので、皆はどっと笑った。

キジの刺身と汁は出動いらいのご馳走であり、じつにおいしかった。満腹の身体を横たえて、数日ぶりに見覚えのある仏様の前に寝させていただいた。

身体の方々が痒い。爪で掻くといよいよ痒くてたまらぬ。あちこちむずむずと虫が這う感じである。久しくお湯に入らないからだ。おまけに蚊の奴が何ともいえぬ物悲しい韻律(いんりつ)を奏でながら迫ってくる。

全神経が額に集まってしまう。首筋に虫が這い上ってくる。眠たいがなかなか寝つかれぬ。寝苦しさといらだたしさの渦巻のなかに、私はぐるぐるまわりつづけていた。

鳳陽花鼓

翌日は大浪のような起伏をもった野原のなかを、道路に沿って架線する作業で、第二次作業はこれで終わるのであった。

王村で作業をはじめた時には、まだ陽がようやく上がったばかりで、野ッ原の大気は冷やかに澄みきっていた。太陽は清らかな光線を投げている。

一面の草々は朝露にびっしょりと濡れていて、その露の玉々は朝の光に透きとおり、この上もなく美しかった。それは白く花咲いた霧氷の美しさにも劣らない、優れた写真かとも思われた。

昨日、付近の村長達を呼んで話をしておいたので、道路修繕のための苦力が、手に手に道具を持って数十名も集まってきた。私はこれらの者に対戦車壕を埋めさせて自動貨車を通るようにし、直接には自分達の作業を容易ならしむるとともに、間接には今度の作戦において、友軍に便宜をはかろうと考えたのであった。

作業開始！　私達は電線を架けはじめ、彼等は壕を埋めはじめた。道路上に長々と兵隊と苦力達とが入り乱れて、営々として働くその光景の壮観なこと！

野を越えた電線路は林の中に入ってゆく

私達は道路の右側の野原の上を進んでいく。なだらかな台地を通りこすと、その先にはまた台地が現われ、それを登りつくすと、ふたたび行く手には台地が現われて、いつ果てるやら分らないようにさえ思われた。

しかし、昨日までの連日の作業にくらべると、今日の作業は何か行く先が、そして周囲が開けたようで、ちょうど曲がり角とデコボコばかりの山道を長いことバスに揺られてきて、一転、峠の道に出たような感じを覚えた。

みんな靴も巻脚絆もびしょ濡れだ。みんな生き生きとして新鮮な気持ちで作業をつづけていった。水牛達が不意の兵隊の出現に驚き怖れて逃げまどう姿もおもしろい。

苦力達はかつて自らが掘ったと思われる壕を、数組に分かれて一つ一つ、驚くべき粘り強さと迅速さで埋めていった。苦力頭をおおせつかった本田上等兵が、

「快々的！　你（ニィ）、慢々的不行（ブシン）」

と、しきりに気合いを入れて作業をいそがせていたが、私の姿を見るや、

「恨むなら俺を恨まないで、蒋介石を恨めよ」と言って笑っている。

私は休憩中の一人の中国人が低い声で歌を唄っているのに気が付いたが、私はそれが有名な『鳳陽花鼓（フォンヤンフアクウ）』であると分かった。

鳳陽本是好地方
自従出了朱黄帝
十年倒有九年荒
大戸人家改行業
小戸人家売児郎
奴家没有児郎売
身背着花走街坊

鳳陽はだいたいよい所なのに
朱黄帝の世になってから
長いひでりや荒れつづき
お金持ちは田地を売り
貧乏人は子供を売った
私は売る子も持たぬので
太鼓を担いで街々を回っている

そこで私は歌が終わった時、すかさず、

「自従出了蒋介石、是不是（蒋介石が出てからは、ではないのか？）」

と言ったら、驚きの表情を老いた顔いっぱいにみなぎらせて、中国語で、

「あっ、あなたはこの歌をご存知なのですか。そうです、その通りなんです」

と言って、我が意を得たりという嬉しそうな笑い方をした。数名の苦力達もほがらかに笑った。

昼の暑い陽を避けて、私達は道路横にある小集落の森の下で昼食をとることにした。苦力部隊も休憩だ。麦飯の一粒一粒までが誠においしい。干鱈の味もよく、クリークの水を沸かした水筒の湯もじつにうまい。

この貧しい簡素な献立の昼餉（ひるげ）が、こんなにもおいしく食べられるという事実。木島伍長が、

「この世には、まずいというものはおよそないようですね。このごろ自分はまずいというのは贅沢（ぜいたく）だと、そう思うようになりました」

と言って、

「しかし、最近の隊長殿の食欲もたいしたもんですよ」

と冷やかした。苦力達にはそれぞれ妻達が弁当や茶瓶を下げてきて仲睦(なかむつ)まじい所を見せるので、これには剛の兵隊達もすっかりあてられてしまって、

「うわぁ、こりゃたまらぬ。俺もなんとかしてくれ」

と悲鳴を上げる者、

「婦有的頂好、我婦没有的不行、没法子!」

と叫ぶ者もあって、ここでは状況まったく我が軍に不利である。

一人の老婆は、その息子であろう十七、八歳の顔色の悪い青年の汗を拭いてやっている。二、三名の苦力は、ところどころ膿んだようになった脚を兵隊に見せて、しきりに薬をくれとせがんでいる。

腰の小さな竹籠に火打ち石を用意していた苦力達は兵隊から煙草をもらって、さもうまそうに吸っている。また、黙々として草鞋を造っている者もいた。兵隊から飯をもらった苦力達は、大半が飯盒を洗いに出掛けたが、なかにはもう居眠りをはじめた者もいた。

午後、いよいよ最後の作業にかかった。陽はぎらぎらと輝いて眩しく、かつ暑苦しかった。みんな上着を脱いで作業をしたが、たちまち汗まみれになってしまう。

昼食時にお茶の補給をした水筒もたちどころに空っぽになったらしく、兵隊のなかにはクリークの水を飲もうとして私に見付けられ、惜しくも野望を果たすことができなかった者も出た。

はるかな東方で砲の音がとどろき機関銃の音がしている。飛行機が一機、その方角から現われてきて頭の上を舞い、西の方へ飛び去っていった。今日の未明から歩兵が行動を開始しているのだ。あの音は大迂回をする主力に呼応して、当面の敵を攻撃しているのであろう。

「さあ、いよいよ面白くなってきましたねえ」

と森本軍曹が言った時、道路上を一群の兵隊がやってきた。担架を担いでいる。負傷兵だ。

私達の近くまできて休憩をする。近づくと数名の者が後方へ運ばれているのであった。頭をやられた者、胸をやられた者は二名とも繃帯に深く包まれていたが、いかにも苦しそう、痛そうに見えた。くわえて太陽が遠慮なくじりじりと照りつけ、蝿がうるさくまといつくので、私は面をそむけずにはいられなかった。兵隊とともに近くの灌木の枝を折って、彼等の顔と身体にかけてやった。

股や手をやられた兵隊達は元気な声で、今朝の払暁戦の模様を語り、あまりに早く負傷したことを残念がった。

「あなたは森本班長殿じゃありませんか?」

「あッ、君はたしか魯州にいたな。そうだったのか、君達も来ていたのか。傷はどうだ」

「たいしたことはありません。班長殿達はどうしているのですか?」

「俺達はもう十日ばかり前から、うろちょろしちょる。俺達は今からだよ」

「ご苦労であります、班長殿、魯州ではいろいろお世話になりました。あの時のご恩は決して忘れません。どうか、お元気で……」

「おう、ありがとう。大事にしろよ」

と言って、我が髭の軍曹は、

「悪いことはできんもんじゃ、どこで誰と会うやら分らんわい」

と、皆を笑わせた。

対戦車壕埋めは苦力特有の優秀な腕によって意外に進捗し、自動貨車を逐次躍進せしめて材料の補給に遺憾なからしめたので、作業は予定よりずっと早く完了した。

久里山下の張村の警備隊内に端末を引き込んで大通と導通試験をする。信号がさわやかに鳴り響く。中隊長の声がはっきりと聞き取れる。導通良好だ。第二次作業が完了したのだ。我等は任務を遂行したのだ。

私達はそれこそ身も心も軽く自動貨車に乗って帰途についた。今さっき自分達が架けたばかりの電線が、整然と、そして黙然として台地や草原を走りつづけている。

それはもはや単なる無機物、電柱と電線とのつながりではなくて、兵隊達の汗と労苦が生命を吹き込んだ有機体であり、兵隊の赤い血が生き生きとかよっている電線路であった。電線は生きている。それはすでに軍の神経となり、命脈となって作戦の用に役立っているのだ。

あたりが暗くなった頃、私達は宿舎に帰りついた。ちょうど加給品の酒があったので、中隊長と田村中尉と私は乾杯をした。重荷を下ろした私達には、それはこの上もなくおいしかった。

疲労のせいか酔いが早くまわって私は身体中がだるく、また強く眠たさを覚えた。兵隊達の手拍子のなかに流れる唄声を遠くに聞いているうちに、私は深い眠りに落ちていった。

第五章　陣地を死守すべし

天然要害

翌日、中隊は張村に推進し、爾後の作戦のために待機することとなった。我が隊は二輛の自動貨車に分乗して〇八三〇（午前八時半）に出発した。

今回も天気は快晴だ。何と天候に恵まれた今度の作戦であろうか。大空を二機の飛行機が軽やかに飛んでいく。馬と人がつくる数珠のような長い縦隊となって前進する駄馬の一隊がある。近づくと私達とおなじ結城部隊（第十三軍通信隊）から派遣された無線の連中であった。

「ややあ、ご苦労さん」

道路の左側に避けてもらって追い越す。また、吉原部隊や野戦病院が行軍していくのを、すまぬ気持ちで追い越していく。糧秣、弾薬をいっぱい積んだ自動貨車の一隊が、濛々たる砂塵をあげて追進してくる。

　はるかに砲声がとどろく。いよいよ戦機動くの感じである。

「勇ましいなあ。男に生まれてきてよかったばい」

「この気分はどうじゃ、これだから兵隊はやめられんというんじゃ」

「東洋平和がくるまでは、か？」

「おい、お前は影が薄いぞ」

「何をぬかすか、このドジョウ髭」

　正午頃、私達は張村に着いた。

　警備隊の宿舎は空（から）となっていたが、これには明日、戦闘司令部がきて入る予定なので、私達は露営をすることにした。

　松の木を切ってきて支柱とした応用材料による幕舎がたちまちでき上がり、自動貨車にも天幕が張られて快適な住宅が軒をならべた。私は何ということなく支柱の松の木の皮をぱりぱりと剥ぎ取っていたが、驚いたことに自分の掌の甲が、松の木の肌よりも黒いことに気がついた。

「中隊長殿、ちょっとこれを見てください」

「なーるほど、黒くなったもんじゃのう。福田中尉、それからこれも一つ見てくれんか。ちょうど孔一つ痩せてしもうたよ」

と言って、腕時計をぐるぐるとまわされた。

昼食後、森部中隊長と田村中尉と私は地形偵察のために久里山に登った。標高百八十メートルの傾斜の急な山である。

えらい、三人共フウフウ息切れがするので、休み休み登る。

「歩兵は実際、感心じゃなあ、ただ登るだけで大変なのに、こんな山をようまあ占領するもんじゃ」

と田村中尉が、喘ぎながら言う。山頂の方から麓の方へ向かって田村隊の兵隊が大被覆線を延線してきた。道路に沿わないようにとの指示だろうか、ハラハラするような危ない岩角を伝っている。

「おい、あれを見い。うちの兵隊はまさに山窩（さんか）（山の民）の類いじゃよ」

と、中隊長が言われる。

三人共、汗びっしょりとなって山頂に着いた。敵眼から遮蔽した所で襦袢を脱いで素裸となり汗を拭いていると、はるばると吹いてくる青い風があって、その肌ざわりの心持ち

山の上から見た陣地線。兵舎から山肌に塹壕が続いている

のよさ。

情熱的な太陽の光、精力的な草木の茂り、江南の晩春は、健康にはち切れそうな男性美にきらめいているではないか。

塹壕から顔だけ出して前方を見渡せば、七百メートルくらい先には美しい若芽を萌やした樟の木の生えた、高さ五十メートルほどの石英岡というなだらかな丘がつづき、その向こう八百メートルくらいの所には、黄山という第二線陣地の三百五十メートルほどの高さの山が厳然と連なっている。

そして、久里山の左麓から青陽河に沿って樹木におおわれた一本の道路が、青陽河とともに草原を走り、石英岡を抜け、田圃を通り、黄山の山の峡をへて遠くまで伸びており、その果てには青陽の町がはるかに霞んで見えた。

敵はこの備えを「江南のジークフリート線」と呼んでいるそうだが、なるほど天然の要害だ。丘や山は全山これ陣地で、緑の肌のなかに見える赤土の部分はトーチカや壕の存在を示している。

そして、中腹のあちこちにトーチカの銃眼がくわっと口を開いているのや、森の入口に饅頭型に土が盛ってあるのも無気味である。双眼鏡を手にして、まず石英岡から仔細に敵陣を見る——。

敵兵がイル、いる！　樟の木の下に銃を持って立っているぞ。それから、その近くに二、三名の便衣兵（平服の兵）もいるぞ。銃を担いで胴から上を出しながら、二名の者が右へ移動していく姿も見える。

おやおやクリークで魚を釣っている中国人がいるが、あれは敵兵であろうか……。陣地の年かさの班長が、

「あれは敵なんですよ。前面の奴さん達、とても横着ですからねえ」

と言う。

今まで角型望遠鏡をじっと覗いていた兵隊が、

「あれを見てごらんなさい。さかんにトーチカを造っております」

と言う声に、そのあたりを探すと、なるほど円い風景のなかで五、六名の者が穴を掘ったり、木を鋸で引いたりしている姿が見えた。

また、中隊長は道路上の歩哨を見つけだし、大得意にその一挙手一投足をアナウンスしながら報告に忙しい。

黄山にはさすがに敵影は見えぬが、見れば見るほどものすごい陣地だ。鉢巻山と呼ばれる塹壕の鉢巻をした山々がいくつも見え、また山々の斜面にも交通壕がたくさん掘りめぐらされているのが見える。

班長が言うとおり、この正面の陣地は真正面から攻めては絶対に落ちないだろうと思われる。そして、先の青陽攻撃のさいには、前の丘を抜くだけで六十数名の犠牲者を出したそうだが、それは真実の話に違いあるまい。

眼鏡で見る青陽はぐっと近くに見え、高い古塔と教会の建物が家々を抜いてそびえ、青陽の城門前の川の橋は半分壊されているのがはっきり見えた。左手はるかに見える饅頭山には煙が高く上がっているが、あれは昨日来の攻撃で、すでに友軍が占領したものと思われる。

右手の遠方にも所々に煙が立っている。友軍が山岳地帯を縫って、しだいに敵の後ろにまわってきているのだ。おそらく前面の敵兵は、そんなことはまだいっこうに知らないだろう。

この正面でも、ここ二、三日したら砲がうなり、機関銃が火を吐き、兵隊達が入り乱れて戦う壮絶な場面が展開することであろう。しかるに、この風景は何とのどかな春景色をくり広げていることか。私はしばし、うっとりとこの雄大な景色に見入っていた。

守備兵哀話

友軍の陣地も堅固なものだった。むしろ岩だと呼んだ方が当たっているような固い土にもかかわらず、数段の散兵壕が掘りめぐらされ、いくつかのトーチカはひと抱えに近いほどの松の木や大きな岩石で作られていた。そして、数条の鉄条網がこれを取り巻き、陣地をさらに落ちがたいものにしている。

鉄条網には缶詰の空缶がたくさんぶら下がっているが、あれは鳴子の役目をするのであろう。中隊長が「これはじつにいい陣地だ」と独り言を言われると、

「はあ、これなら、現在自分達は八名いますが、五十や百の敵が来ても大丈夫であります。昨夜も敵襲を受けましたが、すぐに追い払ってしまいました。弾薬と糧食さえなくならなければ、決して落ちる陣地ではありません」

と、班長が口を添えた。

しかし私は、この陣地をこんなわずかの兵力で守ることがいかに困難で、辛苦なものかわかるような気がした。そう言う班長だって、ここ二、三日はほとんどろくに睡眠をとっていないという。じっと敵陣を睨んでいる歩哨の眼も赤く充血しているではないか。

私は山を守る者の苦労を感じ取るとともに、防禦陣を紙のように薄くして、そこから浮かせた兵力を集結、もって主力を敵の後方に大迂回せしめる友軍の放胆きわまる作戦に驚異と危惧の念さえ覚えた。

小屋のなかに入って休憩をする。板張りの床、藁葺きの屋根で作られた粗末な宿舎だ。昨夜勤務した兵であろうか、二名の者がこんこんと眠っている。

アンペラの壁に小学生の図画や書き方が貼りつけてあるのが眼に映る。稚拙なかにもポエジーがある。

でっぷりと太った鼻髭の、そして人間の渋味がすでに感じられる班長が、

「自分達は、この山の上でもう一年半近くも暮らしています。何の楽しみもありません。こんなお天気のよい日はいいですけれども、冬の寒い時などは……」

と言って口をつぐみ、過ぎた日を追想して感慨にたえぬという眼差しをしたが、さらに、

「しかし、この陣地などはまだまだよい方であります。この東の一番高い山、その山からは武湖一帯が一目で見渡されるほど高い山ですが、そこの陣地の兵隊なんか年中冷飯ばかり食っています。何しろ山が高いので、麓まで食事を取りにいって帰るのに、まる一日かかるのです」

前方の敵陣の動きを監視する日本軍の歩哨

と言葉を継いだ。中隊長が「実際、ご苦労じゃのう」としみじみ言われると、班長は、

「しかし、住めば都ですねえ。こうして山の上で禅坊主のようにして暮らしていますが、もう町の部隊本部に帰りたいとは思いません。もうすっかり山の男です。兵隊がこうして仲良く力を合わせてやっていく生活、男ばかりの山の生活もまた楽しいもので、自分はこんな生活が大好きであります。兵隊達がまた自分を親父、親父と言って、本当によくしてくれますので助かります。兵隊は実際、可愛いですねえ」

と言った。

そこへ、汗まみれの一人の兵隊が白湯を入れた二本の一升瓶を振り分け荷にして肩から吊るし、両手に飯盒をぶら下げて、肩で大きな息をつきながら帰ってきた。みなは期せずして「ご苦労！」と声をかけた。

電話当番の黒縁眼鏡をかけた知的な感じのする若い兵隊が口を開いて、

「一番嬉しいものは、やっぱり手紙や慰問袋であります。しかし、この頃はさっぱりきません。ただ、親兄弟だけはずっと手紙をくれます。やはり戦争を身近に感じ、本当に兵隊のことを思う者は、出征兵士を身内に持つ肉親だけではないでしょうか」

と言った。私は流暢な、そしてあまりにも現実的なその言葉から、ギクリと胸を衝かれたが、

「そうかね、そりゃ君が種を蒔かぬから来ないんダヨ……」

と答えて、みなを笑わせた。しかし、その笑いのなかには何か白々しいものが流れるのを感じた。

田村中尉が口を開いた。

「人間も簡単に暮らせば暮らせるものですねえ。私は兵隊の生活ほどムダのない、切りつ

めた生活はないと思います。しかも、何の文句も言わずにやっていくのは、兵隊が赤紙を手にした時から〝私〟というものを捨ててしまっているからだと思います。やれナニが足らぬ、カニが足らぬと騒いで不平を言うのは、愚の骨頂ですナ」

私達は班長に向かって、

「ご苦労、状況が悪い時には知らせにこいよ。すぐ応援に行くからな」

と言って山を下った。下りながら中隊長はワラビを採ることを提言され、さっそくワラビ摘みがはじまった。何をつかもうとするのか、可憐な拳を空へ振り上げているワラビ！差しのばした細腕のやわらかな産毛の感触よ！

ウグイスが日本風に啼(な)いている。田村中尉が「筍もあったぞ！」と、顔いっぱいを笑顔にして藪から出てきた。

手に手に山の幸をどっさり持って幕舎に着き、今宵のご馳走を当番に頼んで、裏の川へ入浴に行った。

川では多くの兵隊が子供のように嬉々として水を浴びていた。夕陽に赤く映えて水に立ついくつもの裸像は、たくましく美しかった。すっかり石鹸で身体を洗いおわると、私は自己の体重を感じないほど、身が軽くなった。

「身体もキレイに洗ったし、もうこれで戦死してもええわい」

と、中隊長が冗談らしく言われたが、私はそのなかに聞き捨てならぬものを感じた。

夕食にはワラビの味噌汁や筍の煮付けなど、中隊長自らの現地調達の新鮮なご馳走がならべられ、くわえて連絡兵が持ってきてくれた私の慰問品から、磯の香も新しい生ウニやシイタケの粕漬けが出てきたので、私達の食欲はいやが上にもはずんだ。

思えば、私達は作業開始いらい、毎日の御菜といえば、ワカメと大根の干物の味噌汁と醤油汁ばかりだった。しかも、その汁もきれいな水がないので、たいていは泥臭く、水藻臭い汁が多かったのだ。

「うまいぞ、これはいける」

と、私達は食べに食べた。

その夜は満月にちかい美しい月が出た。私達はひさしぶりの休養で、身も心もゆったりとなって幕舎のなかに横たわった。田村中尉が、

「じつにキレイな月ですねえ。こんな夜は妻子を思い出します」

と言った。私も思いを故国に馳せたが、そこには妻子はなくて、青い山脈と清い筑後川が瞼にうつるばかりであった。

下士哨銃撃

翌朝の起床時限前、私は大便をするために幕舎の裏に出た。適当な位置を選定していると、すでにしゃがんでいる奴がある。これはいかぬと奥へ進むと、そこにも先客がいる。ますます高い奥まった所へ行き、ようやく陣地を占める。

靴が露でびしょ濡れだ。タバコをふかすと、湿っぽい空気のなかを煙がはうように流れていく。朝の静寂はいい、清浄な朝はすばらしい。

「臭い地雷を踏むな、危ないぞ」

と言いながら、数名の兵隊達がやってくる。

朝食後、私は森本軍曹以下二十名をつれて、青陽街道の方へ敵情ならびに地形偵察にいった。久里山麓の山陰から道路上に出るや、私達は地形地物を利用して、遮蔽しつつ前進した。

おおよそ四百メートルも行った所から先は、道はずたずたに切り取られ、また鹿砦(ろくさい)で埋めつくされていた。私達は、そこでできるだけ詳細に作業の前進方向を見るとともに、作業の予定準線を決定することにした。

前方の田圃では農夫が田仕事をしており、草原では水牛が草を食んでいた。私はそのなかに便衣の敵兵がまじっていることを知っている。また、良民もたぶんに敵性を持っていると聞いている。

私は一見、平和なその風景にもかかわらず、何か苦々しい思いが湧き上がるのを覚えた。腰をすえて、気長に彼等の挙動を見守っているうちに、私達は便衣兵と良民とをしだいに区別することができるようになった。

そして、連絡係らしい便衣兵の行動を見ることによって、つぎに私達は、いくつかの敵の下士哨と思しきものの位置を判断することができた。

さらにまた、小隊、中隊の位置もだいたい察知することができた。三百メートルくらい先の下士哨では銃を持った兵がぶらぶらしている。また、天秤棒(てんびんぼう)で桶をになって農夫に化けた奴が、憎らしくも出たり入ったりする。大山一等兵などは、もういらいらして、

「隊長殿、撃ちましょうか、撃ってもよくありますか?」

「しゃくじゃのう、中国兵の馬鹿たれ奴!」

と口々に言う。

突然、二百メートルばかり先の道路上に白い煙がさっと上がった。さては感づいたかなと思っていると、ホウホウと鳩笛に似た笛声が響きわたった。

すると、今まで田圃で働いていた農夫達は、鋤や鍬を捨て、牛をほったらかして一目散に集落の方へ逃げこんでいった。主を失った牛達だけは、あいも変わらずのんびりと、春光のなかで草を食んでいる――。

なおもよく敵情を監視していると、各下士哨の敵は我が方の攻撃に備えるもようである。森本軍曹は、

「攻めましょう、やっつけましょう」

と、しきりにはやる。

私は本作戦の情況上、また自隊の任務上それを許さず、単に威嚇射撃をすることを許した。

号令一下、二梃の軽機と十数梃の小銃が一斉に火を吐き、弾を送った。耳を聾するばか

りの音響と、鼻をついて流れる硝煙の臭いのなかに、私は狼狽して逃げまどう敵兵の姿を見つづけていた。

「乗馬の将校を撃ち落としたが、あれは俺の弾だったぞ」

「何を言うか、お前の弾が当たるもんか」

「あゝ、これで胸がスーッとした。気がせいせいしたなあ」

往路とおなじく身を秘匿しながら帰る。

久里山麓にもどると、砲兵が砲撃を開始しようとしていた。私はさっそくゴマ塩頭の砲兵の中隊長に、偵察知得した敵情を話すとともに、予定の砲撃が終わったら、自分等の作業の前進方向の敵をも撃ってもらいたいと頼んで、了解を得た。

久里山腹のトーチカを利用した観測所の近くに、みんなで陣取って見学をする。いよいよ砲撃開始!

まず黄山の陣地へだ。双眼鏡を手にして見入る。眼と頭が澄んでくる。そして、私自身が眼鏡の玉（レンズ）のように透明体となっていく。

「ダァーン!」

第一発が放たれた。道路の横の鉢巻山にむっくりと灰色の煙が上がる。「ダダーン」と炸裂する音がとどろく。つづいて二発、三発、四発と発射される。いずれも赤土の鉢巻山にみごとに命中する。

命中だとわかる土煙が上がる。めらめらと赤い火が燃えだした。トーチカが燃えはじめたのだ。

「すげえなあ、よく当たるもんじゃのう」

見物席から、しきりに感嘆の声々が起こる。野砲はつぎつぎと道路の西側の山の陣地に向かって、鉄片と火の雨を降らせてこれを破壊し、または炎上させた。ついで、当面の我等の敵に向かって砲撃が開始された。森本軍曹はもはや黙ってはいない。

「あそこのコウモリ傘のような樹がありますね。あの右の森のなかの集落へ一つ撃ち込んでください。それから、その向こうの低い丘の陰に見ゆる集落へもお願いします。畜生、今に見ておれだ」

と言って敵陣を睨む。ふたたび空気を破って砲撃が開始される。集落へは、一発目は遠く、二発目は惜しい所、三発目はみごと命中した！

もうもうたる煙は炎と変じ、ばらばらと敵兵が逃げていく。そうはさせじと、今度は榴散弾をつづいて二発ぶち込んだ。あざやか、あざやか。まさに胸のすくような砲撃ぶりで

民家を見つけた通信隊は、ただちに野戦通信所を開設した

ある。

私達は入場料のいらない、しかも兵隊のみが許された素晴らしい見物を終えると山を下った。張村にはすでに戦闘司令所も到着していて、幕舎の横にはさらに幕舎が建ち、それは有線、無線合同の簡素な野戦通信所となって、さかんに電報を送受していた。

「福田中尉殿、連絡に来ました」

という声に振り向くと、私の原所属隊たる古賀隊から遅れて本作戦に参加した大通の保線兵達だった。

大通から安陽までの長い電線路の保線を、わずか三十名くらいで担任しているので、その労苦はひととおりではないと口々に訴える。

「昨日の午後も線路が不通になりました。警備隊の者は危ないから止せと言いましたが、死ねばそれまでと、さっそく五名で保線に出かけましたが、陶村の近くで電柱が三本切られていました。補修を終わって宿舎に帰った時は昨夜の、いや今朝の二時過ぎでありました。後方であんな苦労するより、前線でうんと働きたいと思います」

と言う。私は後方を守る者が前線の者におとらぬ苦労をしていることを、よく承知しているので、その兵隊達の気持ちがじかに判ったが、

「しかし、みんなが前へばかり出たら、後ろはどうにもならぬではないか。まあ今度は我慢しろ。この次の作戦では第一線に出すからな」

と答えてやった。

夕暮ちかく、田村中尉と拳銃に弾を込め、日本刀の手入れをしているところへ、戦闘司令所から中隊長が帰ってこられた。何か変わったことがあった顔付きだ。

飛行機の偵察情報によれば、敵の有力なる大部隊が青陽街道を我が陣地に向かって北進しつつあり、中隊はただちに配備につき、陣地を死守すべしと命令を受けたとのこと。ヨシキタ、待っていました、と私と田村中尉は全員集合を命じた。

夜間戦闘

駆け足で青陽街道まで行き、道路上のトーチカに私の指揮する半個小隊が頑張り、森本軍曹の指揮する半個小隊は久里山の左端の山の上の陣地に陣取った。合い言葉は「必勝」と「信念」――田村隊は久里山上だ。

「さあ、撃って撃って撃ちまくるぞ。中国兵(シンコビン)快々的来々(ライライ)じゃ」

「昨日は工兵、今日は歩兵か。歩兵の代用品も楽じゃないぞ、命がけだからなあ」

「おい、夕飯はどうした。腹が減っては戦はされんぞ」

陽が沈んで月が上がるまで、あたりは真の闇となった。もう敵がやって来そうな暗さだ。

私達は完全に「働く兵隊」から「戦う兵隊」となった。

二人の歩哨とともに耳をすまし、闇の向こうへ瞳をこらす。全身が耳となり眼となってしまう。無気味に聞こえる野犬の声、横の川で魚が大きく跳ねた。夜気が冷え冷えと迫る。

私等の神経は針のように鋭くとがってくる。

「アッ、来ました！　今、懐中電灯の光が見えて消えました」

という低い声。さてはと眼をまわすが見えない。

「見間違いじゃないのか」

「間違いありません。たしかに光りました」

という。そのうちにポーッと光って、すぐまた灯が消えた。間違いなし！

「おい、来たぞ、よいか。俺が撃てと言うまで撃ってはならぬぞ、ええな」

私達は今や身体中が硬直するような緊張を覚え、頭がシーンと冴えわたるのを感じた。

闇の何という深さ、濃さだろう。私は心臓の響きにつつまれてくる。

けたたましく静寂を破って敵の機銃と小銃が一斉に鳴り出した。

「来たぞッ！」

姿勢を低くする。

「敵は近いぞ、弾は低いぞ」

と戒めあう。敵は猛烈に撃ってくる。めちゃくちゃに撃ってくる。頭のすぐ上をおびただしい弾丸が飛び去る。弾が立木に当たって、パラパラと木の葉が落ちてきた。

「畜生、畜生」

と誰かが後ろで言っている。私はそのやかましい弾の音のなかから、敵は軽機二、小銃三十くらいを有する兵力で、これはたいしたことにはならぬぞと思った。

そのうち、弾音はぴたりと止んでしまった。嵐のあとの嘘のような静けさ。蛍がクリーク横の草むらで淡い光をはなっている。

「異状ないか」

「異状なし、異状ありません」

「今度撃ってきたら射撃してよし、撃ちまくれ」

「承知、わかりました」

敵は近寄ってきつつありと感ぜられた。しばらくすると、先ほどにまさる激しさで撃ち出してきた。

「射撃開始！　撃ち方はじめ！」

猛烈な一斉反撃だ。兵隊は押さえに押さえていたものを、今こそ胸のすくまで敵にぶっ放しつづけた。機関銃の意志的な秩序ある快音、小銃らの向こう気の強い饒舌……。

中国軍の襲撃に対し、陣地に据えつけられた機関銃が火を吹いた

狼狽しつつある敵、退却しつつある敵を、すでに私は感じはじめていた。敵は沈黙してしまった。

「第一巻の終わりか。しかし、きっと後でもっと大きな奴がやって来るばい。今夜はとても眠れはせん。商売繁盛じゃ」

と、後藤伍長が言った。

「しかし、敵もよう弾を撃ったなあ。実際、ものすごかったぞ、あの弾の量は」

と、誰かの声もする。

月が出てきた。ぼーっと淡い光がさしてきて、山の稜線や木立、クリークが見えてきた。私はようやく緊張の糸が快くほぐれてきて、まずは怪我人がなくてよかったと思った。

私は、また敵がやって来るかも知れぬから、油断をせぬようにと、後藤伍長に言い残して、伝令を連れて山上の陣地に登った。森本軍曹以下が緊張して警戒している。

「先ほどはだいぶ賑やかなようでしたが、どんな風でしたか？」

「あゝ、ちょっと悪戯（いたずら）に来たんだよ。たいしたことはなかったが、こちらにも、そのうちやって来るかも知れぬぞ。十分に気をつけてやれよ」

「しかし、守る方はあんまりよい気持ちがしませんねえ。自分にはどうも苦手です。この冬、魯州城を守らされた時もそうでしたが、戦争はやはりじゃんじゃん攻めていくにかぎりますね。威勢がようて、景気がようて」

そういえば今年の正月、二千の敵兵の包囲攻撃を受けて、わずか百余名の兵力で魯州城を死守した時のことを私も思い起こした。

「あの時はお互い、もう生命はないと覚悟したなあ。兵力は少ないし、弾はなくなってくるし、あの時を思うと、まったくゾッとするよ」

月はのぼったが、空には大きな雲がひろがっていて、月光は煌々とよべるほどではなかった。しかし、山や丘や森がそれと識別せられるくらいに明るくなり、陰画を見るようであった。星もだいぶ出てきて、しきりに瞬いている。

星を☆の形と誰が決めたか、などと思っていると、久里山の右端のあたりで、だいぶ遠い音ではあるが、彼我の軽機、小銃の音がさかんに入り乱れて聞こえはじめた。歩哨は完全にトーチカの眼となり耳となって、いよいよ警戒に厳重さをくわえた。

私はその姿を見ながら、この夜、満州の奥から海南島の果てまで、北は防寒服に包まれ、南は防暑帽をかぶって、敵陣を睨んで立ちつくす幾万の歩哨を思い起こした。

占拠地域の確保安定も、新しい秩序の建設も、これらのおびただしい歩哨達からはじまるのだ。そして、かくもおびただしい歩哨を四六時中、厳と立たしめているこの戦いのスケールの何と厖大なことよ。

豆をいるような銃の音はなかなか止まず、かえって激しくなり、近づいてくる気配である。私達は白熱的な競技が進行して、自分の出番がしだいに近まってくる時のような、何か落ちつかぬ不安さと、闘志のたかぶりを覚えるのであった。

しかし、敵は私達の期待にもかかわらず、とうとうやってこなかった。そして時間は流れ、〇一三〇（午前一時三十分）となったので、私は道路上の陣地に帰っていった。山の斜面を下りながら、私は二度ころんだ。

歩哨の報告によれば、黄山の敵はどうやら退却を開始したもようだ。なるほど、よく注意して見ると、方々で懐中電灯の灯がしきりに点滅し、あるいは動くのが見える。友軍の今日の砲撃、あるいは迂回部隊の進出などによっていたたまれず、ついに御輿を上げるにいたったのだろう。

久里山右方の弾の音はなおもつづいている。はるか黄山の左側の方向においては、時おり砲の音が遠くに聞こえるが、あれは友軍の攻撃であろう。私はトーチカの中にはいって、しばらく仮眠をとることにした。

非番の兵隊が眠っている一番端っこにこっそり割り込んで、膝を立てて仰向けになった。土がボロボロ顔に落ちかかる。背はデコボコの土のために痛く、かつ十分にのばすだけの余裕もなくて、縮こまって寝たが、横を向くこともできなかった。

かぎりなく深い夜、そして、なおも止まらない弾の音。私は濃い疲労がつくる睡眠の霧のなかに落ちていった。

第六章

敵弾の下で

青陽望見

○八三〇（午前八時三十分）、中隊長からの伝令がきた。中隊は青陽に向かって野戦建築の裸線一条の架設を命ぜられたので、ただちに陣地の配備をとき、すみやかに張村に帰ってこいとのことである。

張村ではもう輸送隊が馬に器材を積み、出発準備をととのえていた。田村隊も帰ってきたが、久里山の右端を守った連中は、二回夜襲を食らったという。

朝食もそこそこに、幕舎の撤収をすばやく終わって、いよいよ作業開始である！

田村隊が作業をやり、我が隊が直接警戒隊となった。青陽街道までの線は、難なく一一〇〇（午前十一時）近い頃にできあがった。昨夜固守した道路上の陣地まで出て、小休止をとることになった。

「前面の敵は全部退却しただろうか、どうだろうか」

「歩兵の掩護がなかったら、とても進めはせんぞ」

「昨夜はもったが、今日はいよいよ死了(スーラ)々か。故陸軍兵長殿じゃ」

「弾が当たればそれまでだ、頑張るぞ！」

中隊長が馬を飛ばしてやってこられた。

「戦闘司令部はただ今、張村を出発した。ただちに作業を続行せよ」

との命である。

「福田隊は警戒に任ずべし！　田村隊、作業はじめ！」

号令一下、我が隊員は田村隊の前後両側の警戒位置につき、田村隊は作業を開始した。

私達の一団はここに「戦いかつ働く兵隊」となって、あたかも水門が開かれて流れだした河水のように、たくましく敵方に向かって進んでいった。

もはや遅疑逡巡は許されなかった。中隊はひとつの意志のかたまりとなり、地雷原と銃砲火の網のなかへ突き進んでいった。任務！――これこそが私達を燃やし、我等の意志を鉄のように硬くして、何ものにも怖れず、南へ南へとひたむきに前進せしめるものであった。

作業隊は青陽河に近い草原や田圃のなかを進み、輸送隊は河原や土手の上を難儀しながら付いてきている。私は前方警戒隊とともに作業隊の先頭百メートルばかりのあたりを進んでいく。

土瘤に伏せ、草にひそんで敵情を見きわめ、異状の有無をたしかめたうえ、逐次前へ前へと進んでいった。草原には地雷がたくさん埋設してあるので危険きわまりなく、私達はこれが発見に万全の注意をはらわねばならなかった。

そして、石英岡に達するまでに、私達は数個の地雷を発見したが、これらには白布の標識をしるして中隊の損害を避けるようにした。

石英岡には一人の敵もおらず、丘を越えた私達は今や友軍未踏の敵地に歩をしるしつつ、黄山へと向かっていった。

作業は私達の歩度よりわずかに遅いくらいの速度で、順調にはかどっている。輸送隊も懸命に付いてきているようだ。

黄山近くになると、各集落のはずれにじっと立ちながら、我等の行動を見守る中国人達がいた。どうも臭いと思うが、別に手出しをしないし、また私達も彼等にかかわる余裕もないので、ほっといて進んでいった。

黄山の陣地には敵影は見えないが、今にも出しぬけに撃ってきはせぬかと薄気味が悪い。突然、パンパンと小銃の音がして、二、三発の弾丸が頭上を高く流れ去った。敵の姿を探すが、どこから撃つのかいっこうに分らない。

しばらくすると、また一発流弾が飛んできた。私達は、

「逃げ遅れた奴の悪戯（いたずら）じゃ、かまわず行け行け」

と、どんどん前進して、とうとう黄山まで来てしまった。敵は逃げていない。振り返ると、作業隊と警戒隊は巨大な一本の帯となり、その後には輸送隊の馬達が長々とつづき、さらにその向こうには担架隊や師団輜重などであろうか、後続部隊がつらなっているのが、こまかく見えた。

黄山を通りすぎると前面はるかに青陽の町が見え、私達の体内にはいちだんと勇気が燃えあがった。もうこのあたりには地雷の憂いはなかった。

私達は集落と森にこもる敵の射撃を警戒しながら、作業隊と輸送隊の行進に便宜な地形を選定しつつ進んでいった。川がくねくねと曲がっているので、再度渡河した。水は腰まであった。きれいに澄んだ水だった。

中隊長から、田村隊と福田隊はその任務を交代せよとの伝令がきた。両隊とも、あらか

「三九式輜重車」より通信機材を卸す状況。「三九式輜重車」は、188キロの物資の搭載が可能であった

じめ兵隊各自の任務を決めていたので、各兵はお互いにするりと任務を入れ替わって、いささかも作業を遅滞せしめぬ鮮やかな転身ぶりであった。

私はただちに、

「目標は前方に見ゆる青陽の塔！　まっすぐに行け！」

と指示をあたえた。森本軍曹も、

「中国の話は大きいぞ。青陽まで一直線で行くぞ。つづいて来い！」

と言い残して駆けだした。兵隊もここぞ本職、「さあ行け、頑張れ」と作業を開始した。

穿孔器具の地鑿（ぢのみ）と錘（おもり）のかちあう音、線を張れとの呼子笛の響き、元気な逓伝の声、次の作業地点までを駆け足でいく兵隊達、みんな張り切って威勢がよい。長い作業隊は生き生きとして、ひとつの方向に流れていくではないか。

戦闘司令部の前進のための露払いの任をもった杉尾中隊が、急ぎ足で私達を追い越していく。鉄砲だけ持った兵隊だから、私達とちがって身軽なものだ。見る見る青陽街道の並木のなかに隠れてしまう。

私は作業監督のため、後方の輸送隊のようすを見にいった。道なき道に荷を山と積んだ輓馬(ばんば)と駄馬(だば)を通そうとするのだから、その難行軍は見るにたえぬものがある。

水を渡り、土手を駆け上がり、あるいは駆け下り、デコボコの田圃や危うい湿地帯を通過しながら、作業隊に遅れまいと、兵も馬も必死となって付いてきている。木島伍長が汗まみれの顔で、

「馬を三回ひっくり返しましたが、異状ありません」

と報告する。私は、

「ご苦労、作業隊に遅れるな。それから、馬に怪我さすなよ」

といって、またどんどん走りだした。

危機一髪

三度、川を徒渉すると、青陽の町が広い田圃の向こう二キロばかりの所に見えた。左前方には低い山がつらなり、右前方には川の流れに沿って堤防状の、そしてたくさんの樹木をもった青陽街道が城壁までのびている。

警戒兵は歩兵が通ったように、道路の陰をえらんで行くようである。私と森本軍曹は背負い刀で腰も軽く、真っ先に立って塔を目がけて進んでいく。

左側の山に兵隊の動く姿が小さく見える。私は、もう左側からの迂回部隊がその山まで出てきたのだと思って、伝令に日章旗を振らせたが、いっこうに応えがない。

「あれは敵ですよ」

と班長が言う。

田圃が鋤(すき)で耕されているので、じつに歩きにくい。

いよいよ青陽が八百メートルくらいの近さとなり、大きな緑樹のあい間に青陽北門の櫓がそびえ、古びた城壁の古塔や教会の建物も空にくっきりと浮かんで見えるではないか。

森本軍曹が、

「さあ、いよいよ入城ですねえ」

と言いながら、軍旗を立てる位置を定めて、これを地に突きさそうとした時、あまりにも不意に、またあまりにも近くから、小銃の狙撃をうけた。数発の弾丸がいきなり身辺をかすめ去った。

二人は「きたぞッ!」と異口同音に呼んで、パッと身を伏せた。幸い数メートル左前方に土饅頭（中国人の墓）があったので、二人はそこにすばやく身を寄せた。どきんどきんと胸の動悸がしている。

「畜生、不意打ちを食らわせやがったな」

と前方を見ると、八十メートルばかり先に樹にかこまれた一軒の藁家があり、その手前の田圃のなかに低いトーチカが見える。

あれからだなと思っていると、数名の便衣兵が銃を持ってバラバラと逃げていくのが見えた。私は瞬間、追いかけたいという衝動にかられた。

しかしその時、先ほどの銃声が合図ともなったのか、左前方のトーチカから、城壁前の陣地から、一斉に機関銃と小銃とが撃ちだしてきた。

私は後を向いて、

「ていでーん、さぎょうちゅーし、ふせー」

と怒鳴った。

二人のすぐ後から付いてきていた測定組の連中は、すでに田圃の畔の所に伏せていた。逓伝が伝わると、はるかに見える穿孔、支線の兵隊達もみんな伏せた。

たくさんの弾が頭上をうなりながら飛び去っていった。そこへ、ようやく延線組が川を越してきた。大絡車を中心に一団となって駆け足でやってくる。私は「危ない！」と思った。

「作業中止！　伏せ！」

私はふたたび怒鳴った。逓伝が次から次へ送られていった。しかし、その逓伝が届かないのか、いぜんとして一団の者は大きな姿勢を暴露しながら線を延ばしてくる。森本軍曹は、

「後藤のバカ奴が、まだ止めぬ。兵隊を殺してしまう気か！」

と、憤然として言った。

その時、すこしばかり小止みとなっていた敵の射撃が、ふたたび激しくなってきた。明らかにそれは、この一団を狙ったものと察知された。

「危ない、早く伏せたらよいのに！」

と思っていると、にわかに一団の者はどっと崩れるように伏せてしまった。それでよし、それでよいのだと、私はホッとして前方に眼をくばった。

右前方の街道付近の杉尾隊は、さかんに撃ちあいをしている。田村隊の一部も前方に出て交戦しているようすである。私は剣道場に立ち上がって、いよいよ相手と剣を渡りあわせる時のような「静中動、動中静」の心境を感じた。そして、この戦いは勝つぞと明るく思った。

おりから、すぐ前方の二ヵ所で黒煙と炎を吹きあげて家が燃えあがった。私は写真機を取りだして、フィルターをかけて、ゆっくりとその壮観な眺めを写真におさめた。

「まあ一本どうですか」

と、森本軍曹が言って煙草をくれたので、後ろを向いて二人で煙草をのんだ。時計を見ると一四二〇（午後二時二十分）である。四十メートルばかり後方の一人の兵が、畔の向こうで変な格好をしている。

「何をしとるかー」

と、班長が呼んだら、顔を上げてニヤニヤと笑った。小便をしていたのである。

この時、右斜めの方からも速い低い弾がさかんに飛んできだした。

「こりゃいかぬ」

と、班長が言う。

私達の作業は状況急を要しはしなかったが、このままにしておれば、私はいつかは兵隊を殺すだろうと思い、このうえは大被覆線に切り換えて作業を続行するほかはないと思ったので、中隊長の所まで連絡に行くことにした。

中隊長はと探すと、右側方の土饅頭の陰にちらちらする将校の姿が、どうもそれらしい。

「全員、青陽道路まで横へ移動せよという場合は、旗を左右に振るぞ」

と言い残して、私はいっさんに駆けだした。

弾が耳元をかすめ、頭上で鳴った。足元が悪くて走りにくい。写真機は左の掌でしっかり押さえつけていた。

前方の集落の2ヵ所から黒煙と炎を噴き上げて家が燃えていた

軽機の音が追いかけてきて、危ないと思ったので身を伏せた。音が鳴りすぎると、また走りだした。私は土饅頭までの距離が、こんなに遠いものとは知らなかった。私は映画『五人の斥候兵』の兵隊が、敵のトーチカから狙い撃ちされていたシーンを思い出しながら、また走った。

　すると、まだ刈り取らない麦畑があったので、その中へ身を投げいれた。飛んでくる弾はあい変わらず激しいが、何か気が安らかになった。そこで私は、麦の間をゴソゴソとはって前へ進んでいたが、その格好がふとイヤになり、すっくと立ちあがると、一気に麦畑を走りぬけて土饅頭にたどりついた。

しかし、そこにいたのは杉尾隊の小隊長達で、中隊長の姿は見えなかった。私は土手状の道路の陰をいそぎ足で後方へ退っていった。

五百メートルも行くと、向こうから中隊長が伝令を連れてやって来られるのに行きあった。

「異状ないか？」

「異状ありません」

二人は、前方の田圃のなかにいる建柱班員を道路の線まで移動させること、後方にいる架線は大被覆線に切り換えて延ばすことを取り決めた。ただちに、伝令をして森本軍曹に向かって旗を振らせた。

弾はますますひどくなるようである。私は中隊長とともに、田圃のなかの延線組のいる位置まで、溝のなかを下っていった。皆は溝陰で待機していた。

「異状ありません。浜地上等兵の踵（かかと）に弾が一発当たりましたが、力が弱くてささりませんでした。これがその弾です」

と、後藤伍長が弾を見せる。

建柱班の者が、つぎつぎと田圃のなかを走って道路まで移動するさまが、ここからは手にとるように見えた。生命がけの真剣なその移動も、遠くから見ると、むしろ面白い見物であった。しかし、誰もそれを見て笑わなかった。

路傍の松の木を電柱がわりに通信線を架設する

敵はこれを目がけてか、いよいよ猛射を浴びせてきた。しかし、もはや私は躊躇すべきでないと判断したので、被覆線架設の命令をくだすと同時に、中隊長、准尉とともに土手を越え田圃のなかへ突っ立った。

留線組作業手によって、通信線は電柱に固定される

数名の兵隊がばらばらと溝陰から躍り出てきて、ほったらかしてある今までの作業の引留作業を開始した。一名が電柱にハシゴをかけると、他の一名がするすると登って作業をはじめ、他の二名は支線の取りつけにかかった。

弾がひゅんひゅん飛んできた。硝煙の臭いをさせて鼻先を弾がすぎ、または足元に落ちて小さな土煙をあげた。

私は、この作業手達に弾が当たらねばよいがと念じつづけ、早く作業が終わればよいのにと心中あせった。

作業手達は危険をかえりみず、夢中で作業に取り組んでいる。

敵前架設

柱の上は吉村一等兵、ハシゴを持つのは江上一等兵、支線を取りつけるのは本田上等兵と大山一等兵だ。そして、「早くやれ、早くせんか」といそがせているのは後藤伍長だ。私はこの顔ぶれを見きわめると、彼等のその働きが決して偶然なものではないと思った。作業完了！　つづいて裸線と大被覆線との接続だ。すぐに終わった。私達はすばやく土手に移動し、そのまま溝の陰を通って被覆線を延ばしていった。大絡車をかつぐのは吉村と江上だ。大山が絡車の転把をまわしていく。

延線組につづいて、懸架組、補修班もついてくる。裸線の架設とちがって、今度はみんな身軽で作業も簡単だ。どんどん延ばしていく。誰もモノを言わない。道路へ出た。そこには森本軍曹以下、建柱班の者が集結して待機していた。

通信線の延線と巻線に使う「大絡車」の運搬状況。2名で担ぐ「大絡車」を転落防止のため前後に補助員を付けて支えている状況が解る

私は建柱班に作業隊の掩護に当たるように命じた。ここで我が隊は完全に勢揃いをしたわけである。ところが、その場にいた砲兵の一将校から、

「ご苦労です、だいぶ撃たれたようですね。今度はこちらから撃とうと思うのですが、敵陣地はどんな風になっていますか？」

と聞かれた。私が知っているだけのことを彼に告げていると、

「おい、お前は誰だ。何を話しておるのか？」

という声が聞こえた。振り向くと、川原に腰を下ろしておられる

数名の偉い人が目に映った。声の主を見ると、襟章はベタ金で星が二つついている。「篠原閣下だ！」と私は直感した（第百十六師団長・篠原誠一郎中将）。私は敬礼をして官姓名を名乗り、敵陣地の状況を教えていることを報告した。すると、閣下は二人に、「よし分った。そろそろ友軍が横から出てくる頃だから、まちがえて撃たぬようにせい」と言われた。

私達は前進を再開した。このあたりは土手が高いので安全である。線をどんどん土手にはわせながら行く。最初に弾をうけた線のあたりまで進むと、土手が低くなり、かつ前方からも弾が飛んできはじめ、私達はふたたび敵弾の危険にさらされねばならなかった。

「危ないぞ、かたまるな」

という声々のなかに、絡車をかこむ一群は躍進的に前進し、つづく兵隊もまた地隙から地隙へと走っては止まった。頭上を飛んだ弾が、すぐ横の川に水音を立てる。

それを見ると、私達の背筋には冷たいものが流れたが、と同時に「なにクソッ」という気が猛然と湧きあがるのを覚えた。中隊長と准尉と私は、つぎつぎと敵弾を遮蔽できる地形の位置まで先行しては、弾の間断をえらんで絡車に前進を命じた。

腹ばいになりながら准尉が、

「敵弾の下において作業をするに当たりては……と教範にありますが、まったくその通りですねえ」

と言った。そのうち、右前方からすさまじく弾が飛んできだして、私達は川の左側にはいられなくなった。三人は身を躍らせて川を渡ると、右側の土手に身をよせて絡車を招いた。

絡車の一団は、神輿が川にはいったように、荒々しく水しぶきをあげて渡ってきた。その他の者もつづいて渡った。右側の土手横の川原の上を進んでいく。敵はどうやら近い。敵と我等との間に竹林があって、散弾が竹に当たるので、その音までがくわわって、じつに賑やかである。しかし、今度は左前方からの弾が私達の周囲にしきりに落ちはじめたので、私達はふたたび川を渡って左土手へ転進した。そして、なおも木陰を通り、地隙をえらんでは前進した。

四巻目の被覆線を延ばしていると、具合が悪いことに川は敵の陣地の方向に向かって一直線となり、ために敵弾は川の上を真っすぐに飛んできて、私達の前進をはばんだ。

そこで私達は、土手を越えて田圃のなかに出た。左前方からの射撃の間断をぬって、小さな地形地物といえどもこれを極度に利用しながら、逐次躍進して架線を延ばしていった。

ついに杉尾隊が散兵して敵と交戦している所まできた。電話機を取りつけると、さっそく中隊長が戦闘司令部へ連絡をとられ、つづいて吉原部隊長や杉尾隊長も敵情を詳細に報告されたうえ、所要の指示をうけられた。

草の上に横になった。親しい土の香りとやわらかい草の香りが鼻にまつわった。そして、私自身が生きているという事実に気づいて、ほっとした。また、私は自分達の架けた電線がりっぱに通じており、今たしかに作戦の用に立ちつつあることに、心すがしい思いを抱いた。

溝の土手から前方を見ると、七十メートルくらい前方の土手に敵兵も散兵して、我が方を撃っている。第二線陣地の城壁上や右前方の台地上からもさかんに撃ってくる。低い弾道だ。

鉄カブト、軍帽、陽帽子（ヤンモウズ）（日除け笠）など、いろいろな帽子が見える。将校らしいのが左右に動く、杉尾隊長が、

「狙撃せよ、無駄弾を撃つな」

と言う。「負傷者が出た」という声の方に行ってみると、二名の者が木陰に横たわっていた。小隊長は脚を、一人の兵は胸をやられている。

私はそれを見ると、私の身体の傷口が突然、痛みだすような感じを覚えたが、我が隊から負傷者が出なかったことが嘘のように思われた。

土手の左の方に竹藪があり、その横では兵隊が竹を切り、これを削っていた。私は自隊の者が作業に使う控杭でも作っているのかと思ったが、それは杉尾隊の銃をもたない輜重兵達が竹槍を作っていたのであった。

そこへ友軍の飛行機が飛んできた。私達はいそいで日章旗を三枚、田圃にひろげ、旗や戦帽をうち振った。飛行機はしばらく旋回をしていたが、右前方の青陽城西方台地の敵陣地を爆撃しはじめた。

エンジンを止めて爆音を消し、ひゅうひゅうと澄んだ音をさせながら舞い降りてきて、「ダーン」と爆弾を投下すると、すぐに元気なうなり声を出しながら舞い上がった。また降りてきて爆撃をくわえると、ふたたび舞い上がっていく。

たちまち火災が起こって、家屋と竹林がはでに燃えあがり、敵は黙りこんでしまった。映画館の銀幕ではない本当の爆撃を私達は今、目の前で見ることができた。

「敵は迫撃砲を持っているらしいから、かたまっていては危ない。少しさがっていてください」

と、杉尾隊長が言うので、私達は百メートルばかり退いた。しかし、そこも土手陰の死角のみが安全地帯で、立ったり歩きまわることはできなかった。あまりに深入りしすぎて、帰るのに骨を折ったという。

私達は急に空腹を感じだした。時計を見ると、もう一七〇〇（午後五時）である。

「弾も受けはじめてから、今までほんの三十分くらいしかたっていないような気がするが、もうそんなになるのかなあ」

と、中隊長が言われる。

「乾麺包を持っている者は出せ。食ってよろしい」

と私はいったが、少数の者しか携行していなかった。みんなで分けあって齧（かじ）る。なかなかいい味でうまい。ことに袋のなかに混入してある金平糖（こんぺいとう）が、じつにおいしい。鯖の缶詰のなかに大豆を入れたのと同様に、乾麺包袋に金平糖を入れた着眼のよさに、私達はあらためて感心した。

さて、皆の腹の虫はまずおさまったが、喉の渇きは、誰かが川へ水を汲みにいかなければ解決しない。そこへちょうど、水汲みにやらされた杉尾隊の苦力二名がきた。たちまち兵隊につかまえられて、各人十個ちかくの水筒を持たされてしまった。

　ふと大きなイビキが聞こえる。こんな所で呑気に眠る奴は、いったい誰だろうかと見ると、田中一等兵が大の字で寝ている。一発の弾がその枕元に落ちて、パッと土煙があがった。

「危ないぞ、起こせ、起こせ」

と中隊長が言われたので、兵隊は土手陰に彼をずるずると引っ張りこんだ。

陽が落ちかかった頃、木島伍長が勇敢にも弾丸をくぐり、鮮やかな手並みで馬を飛ばしてやってきた。ひらりと馬から飛び降りると、片膝をついて中隊長に向かい、

「輸送分隊、人馬とも異状ありません！」

と、きっと言い放ち、

「森部隊はすみやかに戦闘司令部の位置に帰り、司令部の防御配置につけとのことであります」

と伝えた。おりしも数門の野砲が一斉に砲門を開いて、敵陣も崩れよとものすごい砲撃を開始し、敵は沈黙してしまった。私達はその機を逸せず、ゆうゆうと戦闘司令部の位置まで帰ることができた。

電話線修復

第一線歩兵陣地から二キロばかり後方の李村近くの広い川原のなかに戦闘司令部はあった。我が隊は川原の西側の土手に陣取り、田村隊は私達の南に位置し、ともに西側からの敵に対して備えた。

そして、歩哨を配置し、これに特別守則をさずけ終わった時は、もう陽は沈んであたりは暗くなり、ただ右前方や左前方で民家が赤々と燃えあがるのが傷ましく眺められた。

青陽城内の敵の一部は出撃して、ぐっと西方に迂回したらしく、私達の正面からは闇を截（た）って、さかんに弾が飛んできはじめた。青陽正面でも賑やかにやっている。

ところが驚いたことに、いきなり迫撃砲弾が二発、土手の前の田圃で轟然たる響きをたてて炸裂した。みんなのなかには、さっと狼狽の色が見えたが、

「迫撃砲がなんだ！　死ぬる時はみんな一緒じゃ！」

という中隊長の声に、たちまちその場の動揺しかけた空気は元にかえった。

後方の驢馬（ろば）達が、鳴らない法螺貝（ほらがい）をむりに吹き鳴らすような声を立てて、しきりに鳴いた。私はその魂を揺さぶるような声を聞くと、夜の戦場のもの淋しさをひしひしと感じた。

中隊長と川原の草の上に横たわった。右足の踵がひりひりと痛い。昼間、川のなかを突っ走った時に、砂が靴のなかに入りこんで靴擦れを起こしたのだ。ずきずき痛む。

「敵さんはよう撃つのう」

と、中隊長が言われる。私は眼をつぶって、その賑やかな弾音に耳をかたむけた。

「ブーン」と春の蜂の羽音に似た音。「ヒューン」と吹雪の音にも似る音。「パン」と元気な音。「ポン」と快活な音。「パチッ」とかたく気持ちの悪い音もする。そして、「パンパンパン」とチェッコ機銃が鳴り、「タンタンタン」と水冷式機関銃が聞こえ、「ポン、ポン、ポン」と自動式小銃がゆっくり弾を送り、また「パチパチパチ」と何かがはじけるような音をさせる機関銃もある。

「何梃くらい、敵の機関銃が据えられていると思うかね」

と中隊長から聞かれた。私が、

「さあ、五十くらいでしょうか」

と答えると、

「いや、もっと多いぞ。八十くらいはありそうだ」

と言われた。

敵の射撃が時おり激しくなるのは、蝋燭の灯や煙草の火が漏れるのを狙っているのだ。

私はしばしば、

「こらっ、火を見せるな！　その火は誰か、早く消せ！」

と怒鳴った。

まるい月が出て、人馬や木々が黒々と見えるほかは、田圃はまるで大きな湖のように光った。弾の音はいぜんとして止まらない。私は『葉隠聞書』の「武士道とは死ぬことと見付けたり……」の一節を低く唱えてみた。

戦闘司令部から中隊に伝令がきて、「電話線が不通になったから保線にでよ」とのことである。

私は中隊長が、誰にやらせようかと命じかねておられるのを感じとったので、

「自分が行ってきます」

と進んで命をうけた。そして、精悍な兵隊十五名とともに、ふたたび青陽城一帯の敵がつくる火網のなかへと進発した。

もはや私達は高目にくる小銃の弾などは平気だった。しかし、機銃の掃射を浴びると一斉に身を伏せては前進した。二名の者が左右から被覆線に掌を触れながら、断線の有無をたしかめつつ進んでいく。他の者は、不意に現出するかも知れない敵を予想して、用心深く警戒しながら進んだ。

川を渡る。昼間、水しぶきを上げて走り渡った所を、今宵は粛々とゆく。しばらく行くと突然、本田上等兵が「あったぞ、あったぞ」と、歓喜の声をあげた。

懐中電灯で切断箇所を調べると、何か鋭利な刃物で切った形跡は明らかで、敵兵が切ったに違いあるまい。近くに敵がいるかも知れぬぞと注意しあいながら、すばやく接続して導通試験を行なう。

戦闘司令部とはただちに連絡がとれたが、杉尾隊が出ない。また前進を開始した。ふたたび川を渡り、ついで左土手を越えて田圃のなかへ出た。月が煌々と光を放ちはじめたので、真昼のように明るい。

私達の姿を認めたのだろうか、数梃の軽機が、さかんに私達の近くに弾を撃ちこんできて前進をはばむ。私達は土手陰にはいると、雲が月を隠すのを静かに待った。雲の方へと月が流れていく。月の清らかなこと。みんなの吐く息は臭くて切なかった。それはみんなが空腹で、かつ疲労しきっているせいと思われた。

雲に月が隠れると私達は前進し、月が現われると地隙にひそみ、また月が隠れると保線を継続していった。

そしてついに、今日の夕刻、自分達が待機していた場所のすぐ手前の所で線が切れているのを発見した。それは敵弾による切断であった。こんな細い線が弾に当たって切れるとは、偶然の不思議、偶然の真実ともいうべきだろうか。

補修作業完了。私達はふたたび用心深い行動をとりながら、無事に宿営地に帰った。

川原に天幕を敷いて横になり、身体を休める。夜気が冷えびえと迫ってきて寒い。毛布を一枚取りだして身体にまとう。飽くことを知らぬ敵の射撃は、なおもつづいている。

いやそれどころか、正面の敵はしだいに我が方に近づいてくるらしく、その弾はより激しく、より低くなってきて、すぐ横の流れに水音を立てる弾さえもある。突然、頭の上で声がした。

「輸送隊から伝令がきました。ただ今、馬一頭戦死しました」

との報告である。中隊長が、

「そうか、どこを撃たれたか？」

と聞かれると、

「後頭部をやられて即死であります。車輌の円木も折らずに、そのまま倒れて、りっぱな戦死であります」

と言った。私は瞼を閉じて「南無阿弥陀仏」を唱えた。

数梃の機関銃がすぐ近くで鳴りだした。小銃の音も近い。中隊長も私もはね起きた。

「こりゃいかぬ。福田中尉、やろう！」

と、中隊長が言われた。私はただちに一斉射撃を命じた。猛烈な反撃だ。田村隊も師団の兵隊もつづいて撃ちに撃ちまくった。堪えに堪えたあとのすさまじい射撃だ。

天が破れ地が裂けるかと思われるばかりの壮絶な反撃だった。くわえて野砲が青陽城に向かって一斉砲撃を浴びせはじめた。つづけざまに数発の砲弾がぶっ放される。

「シュシュシュ」と空を截って流れては、「ダーン、ダーン」と炸裂する。痛快きわまる月下の砲撃である。

この友軍の一斉反撃が終わると、これはまた戦場は死のような静寂にもどった。時計を見ると〇二三〇（午前二時三十分）である。

青陽城内では二ヵ所に火災が起こって、その炎は天に沖し凄惨な業火となって燃えさかっていた。松の巨木の姿が黒々と浮いて見え、その横にかかった月は冴えわたり、あたかも漆絵を見るようである。

私は、また遠くで鳴りだした弾の音を、もう気にすることもなく毛布をかぶって眠りについた。

第七章

通信隊が一番乗り

青陽城入城

身をおそう朝冷えもあり、私達は東の空が白む頃、みんな起きて出撃準備をはじめた。かぶっていた毛布は露にじっとりと重いまでに濡れている。

装具を身につける。正面の敵はすでに退いたらしく、ただ城壁一帯の敵が撃ちだす弾音だけが聞こえる。

私は軍刀を杖にして、じっと東の方に向かって、

「今日こそは　さて今日こそは
大君に捧げまつらん
この血　この骨を」

を低誦した。すると、今日の私の行く手にはさえぎる何ものもなくなり、明るい気持ち

になることができた。

　杉尾隊が前進を起こしたもようである。遅れてはならぬと出発した。杉尾隊の二名の者が担架に乗せられて下がってくるのに行き合う。どうしたのかと聞くと、未明に北門の近くまで偵察にいった時、手榴弾で足をやられたと言う。

　みんなはいそぎ足で進む。

　第一線陣地に着くと、そこにはもはや杉尾隊はいなくて、青陽城西方台地でさかんに交戦しているもようだ。中隊長から、北門に向かってひきつづき被覆線を架設すべし、との命令をもらった。

「作業開始！」

　森本軍曹のひきいる警戒兵が行動を開始し、後藤伍長の指揮する作業隊が架線をはじめた。田村隊もつづく。中隊長と私は警戒兵の先頭に立って進む。

　昨日、敵がいた散兵壕はもぬけの殻だが、おびただしい薬莢が散らばっていて、昨日来の防戦の執拗さを物語っている。中隊長が、

「おい、いくつくらいあるか数えてみい」

と、一人の兵に言われた。しばらくすると後方から、

「一ヵ所に約二百発ばかりありまーす」

と答える声が聞こえ、中隊長は、

「そうだろう、そうだろう」

と、ひとり言を言われた。

川を渡っていると、城壁上からバラバラと撃ってきた。警戒兵はただちに土手の線に火線を構築して射撃をはじめた。敵は機関銃を持たぬらしい。

「攻撃前進！」

警戒隊の三個分隊は互いに密接な連繋をたもちながら、あるいは溝を伝い田圃のなかを走り、さらに他分隊の前進掩護射撃をしながら、逐次城門へ接近していった。

作業隊も地形地物を利用しながら、巧みに延線してくる。城壁上の敵が立ちあがって逃げ出す姿が二つ、三つ見えた。敵弾もまばらになってくる。私は「しめたぞ！」とおもった。

私達は一挙に道路を駆け抜けて北門に殺到するや、分厚い木の扉を打ち破って城内になだれこんだ。道路上百五十メートルばかりの所を逃げていく中国兵の姿が見えた。

私達は櫓の横の城壁上に夢中で駆け登った。胸が息苦しかった。しかし、それにも増して胸は歓喜でわくわくしている。みんなも興奮と感激にあふれながら登ってきた。ニュース映画ではない、現実すぎる現実が今、私達にあるのだ。

赤紙を手にした者の誰しもが瞼に描いた感激のシーンのなかに今、私達はいるのだ。みんなは期せずして「万歳」を三唱した。兵隊は両手もろとも銃を空へ高々と差しあげて銃の万歳を、中隊長と私は抜き身の軍刀を右手で高く振りあげて軍刀の万歳をしたのであった。

　私は殺気と感激にひかる眼であたりを見まわした。血のついた陽

青陽城一番乗りを果たし、万歳を唱える通信兵たち

帽子や竹製の背嚢、薬莢などが無数にころがり、まだそのあたりには中国兵の体臭がのこっているような気がした。櫓は美しい甍（いらか）の曲線を空に浮かばせ、まぶしい晩春の陽は私の眼をくらませた。

昨日の戦場はと見れば、ここからはまるで城に属する庭園のように鮮やかに見えた。作業隊も到着。さっそく中隊長は戦闘司令所に連絡をとられた。時に〇七二〇（午前七時二十分）である。

作業隊、田村隊の兵隊もつづいて興奮に面を輝かせながら、城壁上に登ってきた。ふたたび銃の万歳だ。この万歳よ故国まで響け、この感激よ銃後まで届け——と、私達は声をかぎりに万歳を再唱した。

私達はそのまま入城することなく、被覆線を架設しつつ東門に迂回して、東門より入城すべしと命ぜられた。

城壁の下の小路には、所どころに鉄条網や拒馬（きょば）、鹿砦（ろくさい）（ともにバリケード）などがもうけてあったが、それらを打ち切り、はね除け、踏み倒して前進した。

逃げた敵の放火のために城内外の数ヵ所では火の手が赤々と立ち昇って凄惨な様相を呈している。着剣した兵隊達が敗残兵の不意の射撃を警戒しながら、いそぎ足で進んでいく。

作業隊もどんどん線を延ばしながら付いてくる。

私達は北門一番乗りの快感で頭がいっぱいになっていた。そして、敗敵などいようものなら、一気に突撃を敢行せんと闘志に燃えて前進した。

青陽入城後も電話線架設の任務は続いた

東門到着。鉄の甲扉が堅く蓋を閉じているのを、森本軍曹が壊れかけた城壁をよじ登って裏へまわり、すばやく開門した。

みんなは「それっ！」と、どっと城内になだれこんで、城門上に駆け登って日章旗を打ち立てると、また新しい感激をもって万歳を唱えた。

陽はようやく高く、数旒の日章旗は美しい光線のなかでへんぽんと翻った。南門の付近で時おり弾音がするのは、たぶん敗敵の苦しまぎれの抵抗であろう。

私は主力をもって東門を警戒せしめ、一部をもって戦闘司令部と我が隊の宿舎を探しにやった。城内で一番大きくてりっぱな家屋が見つかると、私達はただちにその家まで架線を延ばして電話機を取りつけ、戦闘司令部の到着を待った。

家々は戸を閉じていて、石畳の街には人影もなく、あたりはガランとして春陽だけがうるわしい光を投げていた。そこへ数名の中国人が三角形の紙製の旗を手に、敬意を表しにきて、パチパチパチパチと爆竹を鳴らした。

また、西門から突入した杉尾隊長らも宿舎を探しにやってきた。

「早いとこやりましたなあ。通信隊も楽じゃないですねえ。怪我人はありませんでしたか。私の所では、とうとう三人殺しました」

と隊長は言って、暗然たる面持ちをつくった。

しばらくすると、篠原部隊長以下幕僚らが乗馬でさっそうと東門から入城してこられた。蹄の音が石畳に鳴り響いて、春光はいちだんと輝きを増したかに感じられた。新聞社のカメラマンが忙しく動きフィルムにおさめている。

私達は戦闘司令部のすぐ横の家に陣取ると休憩にはいり、また飯の準備に取りかかった。水を汲みにいく者、薪を集める者、いそいそと、賑やかに戦場でもっとも楽しい仕事がはじまり、私達の緊張した心も、ようやくなごんできた。

「通信隊が一番乗りじゃ。一番乗りは気持ちがええのう」

「何でも初乗りは格別の味さ」

「中国兵の逃げ足の速いのには感心したなあ。速い速い、じつに神速だよ」

「しかし、弾は当たらんもんじゃなあ。怪我人がなくてよかった！」

髭だらけの顔が、黒くよごれた顔が、喜びに生きいきとして喋りあいながら被服の手入れをしている。

「死傷者がなくて本当によかった。漢口作戦の時は十名近い犠牲者を出したので、入城しても気が滅入って笑いも出なかったが、今度は気が晴れればれとしてありがたいなあ」

と中隊長が言われ、さらに、

「電線は最後までよく通じてくれたし、本当に今度は運がよかったよ」

と、喜びを言葉にあふれさせて言われた。

「あんなに撃たれて弾が当たらなかったのは、銃後のみんなが武運長久を祈願してくれているからではないでしょうか。私はそう考えずにはおられません」

と私が言ったら、田村中尉も、

「そうですねえ、まったくそう思わねば、今生きていることが解釈できないようですねえ」

と言った。

本田上等兵が甕(かめ)を重そうに下げてきて、にこにこ笑いながら言う。

「隊長殿、奥の部屋にチャン酒がありました。一杯いかがですか」

すると中隊長が、

「毒がはいっているかも知れんから、点検して飲めよ」

と注意された。本田上等兵は「承知しました」と、表へ走り出たが、すぐに二人の中国人を連れてきた。そして、「この酒は飲んでも大丈夫か」と聞くと、彼等は匂いを嗅ぎ終えると「頂好(テンハオ)だ」と言う。

そこで、飲んでみろと差し出したら、にこにこしてうまそうにコップを乾した。

飯ができた。豆飯と豚汁だ。昨日の昼から三回ほど飯を食っていないのだ。私達は、この試験済みのチャン酒で入城祝いの乾杯をして、

「さあ、三度分食うぞ」

と食べはじめた。飯の、汁のうまさ！　みんな食うわ食うわ、物も言わずに家畜のように鼻をしきりに鳴らしていた。

任務完遂

食事が終わると、眠くてしかたなかった。幸い作戦は変更されて、もうこれ以上前進しないことになったので、私達は藁の上にごろりと、そのまま横になって仮眠した。

そして、一六〇〇（午後四時）頃から中隊長と田村中尉と私は、場内を視察するために写真機を持って出かけた。町は友軍のたびたびの爆撃で相当に痛んでいた。町には軍隊が主で、わずかの住人しかいなかったように推察された。

民家をのぞいて見ると、藁を敷いた簡単な板の寝台があり、その床ごとに竈（かまど）があって、明らかに中国兵の宿舎となっていたと見られる。汚くて臭い。道路に面する壁々には、抗日と共産党支持の文句が大書され、なかには日本兵の残虐ぶりを示す絵も描かれていた。

私達は輸送分隊が宿営している広場へ向かった。と驚いたことには、どこから現われてきたのか、大兵力の友軍がそこを埋めつくしていた。満目これ人馬の壮観な眺めである。

「たいしたもんですねえ」

と私が言うと、

「こんな大きな部隊が迂回していたのか。実際、あきれたなあ」

と中隊長も言われ、田村中尉がつづけた。

「あれだけの兵力で進めば、敵が何千いても屁のようなもんじゃ。そこへゆくと我々なんか、いつも五十か百の兵力で行くんだから、実際かなわんよ、ねえ」

中隊長が水桶を下げてくる一人の兵をつかまえて、「どこから来たのか？」と聞かれたら、西南方を指さして、

「あっちから来ました」

と答え、「そして、どこへ行くのか？」と言われたら、

「さあ、どっちでっしゃろ」

と答えて、行きすぎてしまった。

広場には兵隊、軍馬のほかに、おびただしい従軍苦力がいて、広場をよけいに賑やかなものとしていた。また、捕虜があちこちに一塊りずついて、驢馬や水牛もおおく、豚やニ

ワトリが時々、奇妙な声を思いがけぬ所からあげたりする。

兵隊達はたいてい背負い袋を枕にし、足を投げだして休んでいた。眠っている者もいる。私はその黒く汚れた顔々と、泥だらけの、また裂け破れた軍服とを見て、彼等の労苦をしみじみ思いやった。

一週間を山に眠り、山を歩き、山の敵と戦ってきた歩兵達の辛苦を思うと、私達の労苦もまだまだだと思った。

草の上に腰をおろす田村中尉が、

「この頃の戦争は、まったく日露戦争一様（イーヤン）ですなあ」

と言ったら、中隊長が言われた。

「いや、日露戦争以前だよ。日本の戦国時代一様だね」

その時、突じょ宣撫班の拡声器が広場いっぱいに大声を響かせて唄を歌いはじめた。『露営の歌』だ。私達は全身が痺（しび）れるような感じに打たれ、赤い血が躍動するのを覚えた。兵隊の気持ちにもっともぴったりとくるその唄は、故郷の歌を、また波止場を出た時の感激をそのまま再現させてくれるではないか。みんなはうっとりと、その調べに聞きいった。

ついで『父よあなたは強かった』が奏される。この唄もいい。唄そのままの辛苦を今なめてきたのだ。私達がすなわち唄のなかの父であり、夫であり、兄弟だった。銃後の声援が身に響く。

私は眼がかすみ、耳が遠くなるような激情に襲われた。堪えられずに瞬(またた)きをすると、ホロホロと涙が頬を伝って流れた。横に寝ていた兵隊達も、みんな泣いている。

はるか西南方十キロばかりの所には、有名な古刹があると聞いたが、みごとな山が鋸の歯のような頂きを空に浮かして高くそびえている。山紫水明の地と聞いている。

たしか黄仲則が「車蟾(せん)巻朝日　遙見九子山　山容昔相識　草々會躋(せい)錯……」と詠じた名山で、杜甫(とほ)が「塞外苦厭山　南行道彌悪　岡巒(らん)相径亘　雲水気参錯……」と謳った峡(たに)も、あの山のなかにあるのであろう。

それから私達は城外の教会を見にいった。郊外からは荷物をかついで、ぞくぞくと避難民が帰ってきつつあった。赤ん坊を荷物とともに竹かごにいれてかついでくる男もいた。

兵火にかかった家々は外廓と黒い骨ばかりになり、いまだ燻(くすぶ)っている。野良犬がうろつきまわり、ツバメが飛びかっているのも哀れである。

教会は堂々たる建物で、そのなかには数百名の避難民がうようよしていた。

漆黒の顎鬚をはやしたスペイン人が現われてきて、はじめは英語で話していたが、

「敗残兵がまじっていると思うが、どうか」

と聞くと、

「たぶんいるでしょう。後刻、日本軍に取り調べてもらうつもりでいます」

と中国語で答えた。

中隊長が言われた。

「外国人は偉いよ。まず大きな建物を建てて引きつけるからなあ。そして、教会と学校と病院の三つをかならず一緒に経営する。じつに賢いことをやるよ」

これをうけて田村中尉がつづけて言った。

「中国にいる宣教師達には感心しますねえ。気候、言葉、食物などもまったく違う異郷で、こんな田舎にと思うような所で、よくやっていますねえ。日本ももっと早くから、こういう風にやるべきだったんではないでしょうか。

小学校の時に修身の本で進取の気性ということを習いはしたが、私達は中国はひどく気候の悪い所、国を飛びだしたゴロツキか銭無しの行く所だと思いこんでいました。今度、戦争に来てみて決してそんな所ではないということが分りましたよ。この頃は現地除隊し

青陽城外のキリスト教会。中は避難民でいっぱいだった

て、こちらで暮らしてもよいとさえ思っています」

「そりゃそうでしょう。いい姑娘（クーニャン）ができたからなあ」

と、すかさず私が冷やかした。

次に東門を経て北門の方を見にいった。東門の入口に「地雷危険」の立て札が立ち、縄が張りめぐらされている。

おやおや、ここは今朝、そんなことは露知らず、たしかに通ったぞ。危なかったなあ、と口々に言って通りすぎる。

飛行機がさわやかな爆音を立てて町の上を旋回し、我等の入城を祝している。煙突に似た細長い古塔の横を通って北門に出て、北門の櫓のなかにはいった。

竹製の長い煙管(きせる)が落ちている。捨ておかれた背嚢のなかから豚肉がはみ出ている。白壁に詩が書いてあった。

一日離家一日深　好似孤雁宿寒林
在説此地風好光　不忘家郷一片心

なかなかいい詩だ。私達はいく度も読みかえす。反対側の壁には「痛飲勿忘救国」と、ふるった文句があって、酒好きの田村中尉の共鳴するところとなる。

北門近くのある大きな家にはいってみると、「曲径通幽」というりっぱな額がかかっていた。何だろうと、廊下を曲がり曲がっていってみたら、その行き止まりにあったものは大便所であった。なるほど「曲径幽邃(ゆうすい)境に通ずか」違えねえ、臭い臭いと大笑いした。

廟をのぞくと屋根は落ち、仏像も仏具もなくて、寺はすっかり荒れ果てており、ただ壁に打ちつけてある古い数々の位牌のみがむなしく、その名を連ねていた。

その日の晩飯はなかなかのご馳走であった。豚、鶏、家鴨、筍、豆、青菜の料理が豊富で、私達の食欲を十二分に満足させてくれた。チャン酒も上等でウィスキーに似た味がした。兵隊達の嬉しさにあふれる声がする。

「おい本田上等兵、お前はチャン酒を発見した廉により殊勲甲にしてやるぞ」

「中国で一番うまいものは、やはり鶏だなあ。俺は戦争にきて、鶏の刺身を食うことを覚えたが、鶏の刺身はうまいのう」

「捕虜を見たか。あんな皮膚病だらけの中国兵の弾では死なれんと思うたよ」

「いや、堂々たる捕虜もおったぞ。俺がものを言ったら、起立して不動の姿勢をとったぞ。それに姑娘の兵隊もいたぞ。一人は日本にいたこともあると言うていた」

「師団輜重の馬が久里山のこちらで地雷にかかって、馬は即死、兵隊も重傷が二名出たそうだ。危なかったなあ」

「満期すりゃ、起床ラッパは鶏の声、犬の衛兵、猫の不寝番、週番士官はネ赤襷、アナタアナタの不時点呼、サノサッと……」

私達は無事に任務を遂行して入城し得た喜びの余燼を快く感じながら、その夜は早くから藁床にもぐりこんだ。夜遅くから朝方まで、表の道を兵隊が通り、馬が通る音がしていた。

二重橋幻想

久しぶりに十分に睡眠を取ったので、翌朝の目覚めはさわやかであった。裏の方へ出て、美しい朝陽のなかで大便をする。

宣撫班からであろうか、『漁光曲（ユイクオンチエ）』の名曲が聞こえてくる。中国人の苦悩を物語るその哀歌が、王人美（ワンレイミイ）の澄みきったきれいな声が、今は平和を取りもどした廃墟に流れてきて、私は涙が滲みそうになった。私はどうしてこんなに感じやすくなったのであろうか。

今日はあたかも天長節（四月二十九日）で、軍司令官も入城されることになった。部隊ではそれぞれ表通りを掃き清め、宿舎のなかを掃除した。たちまち、どこもかしこもきれいになってしまう。

西太后が清潔になったのを見られて、外国人はやり手だと言われたそうだが、私は日本の兵隊ほどのやり手はおそらくいないだろうと思う。日本兵の住む所、どんなに汚い中国の街も、たちまち美しくなるのだ。道路には水まで撒かれた。

九時頃、軍司令官以下はどうどうと馬を連ねて入城してこられた。中隊長、田村中尉、私の三名は宿舎の前でお迎えをした。

十時には中隊全員が広場において遥拝式をすることになった。昨日のおびただしい人馬はどこかに消え去り、単に我が隊の馬のみがいて、広場は不思議な面積をひろげ、草々は春陽に光っていた。

私達は中隊縦隊に整列をした。中隊長の元気な、そして引き締まった「捧げ銃」の号令一下、私の軍刀は空を截って流れ、兵隊の着剣は一斉にさっと躍りあがった。崇高な静寂が生まれ、森厳な空気が満ち満ちた。

私は万感胸に迫ってきて、東方の空はるかに「二重橋」の風景が浮かび上がってくるのを覚えた。

〔初出〕：月刊雑誌「丸」二〇一三年五月号〜七月号掲載「長編戦記・もしもし部隊奮戦記1〜3」。なおこの記事は、「丸」一九八六年十一月号に掲載された「大陸戦線〝もしもし部隊〟従軍記」（のち光人社NF文庫『陸軍〝めしたき兵〟奮戦記』〈丸編集部編、二〇一二年四月刊〉所収）の、掲載時大幅に割愛された原稿・写真を復活させ再編集したもの。

第十三軍通信隊 揚子江岸転戦記

2021年10月14日　第１刷発行

著　者　福田廣宣

発行者　皆川豪志

発行所　株式会社　潮書房光人新社

〒100-8077
東京都千代田区大手町1-7-2
電話番号／03-6281-9891（代）
http://www.kojinsha.co.jp

装　幀　熊谷英博

印刷製本　サンケイ総合印刷株式会社

定価はカバーに表示してあります。
乱丁、落丁のものはお取り替え致します。本文は中性紙を使用

ISBN978-4-7698-1686-7 C0095

好評既刊